方梓

12

1

2

9

4

11

5

8

6

時間之門

7

序
時間有門

時間在物理定義是純量，藉由時間，以昨天、今天、明天的序列將「時間」量度確定；時間也是空間，過去、現在、未來看起來是時間的區隔，卻也是空間的指涉，就像歐洲的歷史、台灣的歷史、台北的發展歷史，怎麼看都是時間，但最大的議題還是在空間，或者說，時間空間是纏綁難以切割。

時間於我，也是空間，所以時間有門，那一扇門是人腦中的思考，用來描述事物變化的程度／過程。

二〇〇一年《采采卷耳》出版之後，我並沒有「乘勝追擊」再出版散文集，而是癱陷在研究所的英美文學，碩士拿到後，離開工作十多年的副刊場域，跑到一個完全和文學無關的地方上班，於是我有藉口十年不寫，只做和文學無關的事情，只寫和文學無關的文字。

二〇〇八年結束爾虞我詐的工作，時間之門讓我再度進入寫作的行列，擺脫以往嫻熟的散文，挑戰於我完全陌生的長篇小說的構思和書寫，另騰出一線縫隙書寫人到中年的回憶和正興盛的地誌／空間描繪。一篇一篇緩慢的敲鍵盤，連同更早的作品，十年龜速爬行也積累成書。

幾乎所有的書寫都是透過時間之門。

十年、二十年，小孩會長大，大人會變老，三十年、五十年空間會傾頹消失，找不回的時間，想不起來的樣貌唯有進出時間之門，去翻箱倒篋，行走在一條條模糊的道路，一棟棟頹圮的屋舍，一塊塊仍舊翠綠的田園，一一拉出某個物品，某個人，不堪或溫馨的情節，還有一張張稚嫩或青春的面貌，轉化成文字讓他們重生。

時間有門，文字無限，書寫得以重生、療癒；我在時間之門重塑以及建構過去、現在，甚至未來。

《時間之門》是十多年來彙集的作品，主軸在時間與空間的敘述。感謝金倫、逸華的費心，感謝宗翰銳眼鞭辟入裡的訪談。

目錄

輯二

9 1 2 6 4

輯一

8 5 7 10 3

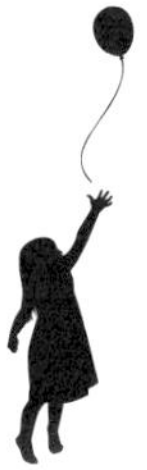

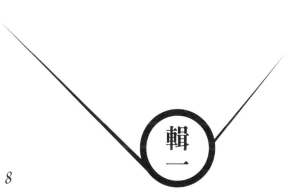

花蓮之翼

如鷹臨飛，蹲坐展翅。

飛機盤旋在立霧溪出口的太平洋上空，我俯看著蘇花公路和橫貫公路的起點；兩扇花蓮的出口，像隻灰色老鷹的翅膀，振振欲飛。

橫貫公路和蘇花公路有時也像兩座大門，象徵著離開和歸來，離開和歸來對花蓮人都是好事；出外發展，即使，倦鳥歸巢，羽翼便成了溫暖的懷抱，我也是循著這兩條公路往西或往北，來來回回。

也因為兩條公路的崎嶇難行，花蓮始終如世外桃源。

蘇花公路是日治時代開闢，一邊臨海，一邊靠山，險峻異常。母親說，當年搭乘臨海公路（蘇花公路）白色的自轉車，沒有人先上車，運轉手（司機）一出現，乘客列隊行禮，等運轉手一坐定，大家才敢陸續上車；那時，運轉手和警察一樣受尊敬，掌管乘客的生命安危。

即使，輪到我搭車走蘇花公路，母親仍是提心吊膽，深怕司機一個不小心，車子從清水斷崖飛出去。

我搭了三年的金馬號，北迴鐵路通車。外婆說，我們很幸運，蘇花公路尚未通行前，只能坐船到蘇澳，再換火車上台北，船多半是小型的客船，雖然有固定班次，但仍得看當天的天氣和風浪才能決定行駛。

出趟遠門就像征戰，花蓮人當然會抱怨對外的交通不便；然而天然的屏障，保護了花蓮多年來不受工業汙染，一直是個純淨的城鄉。即使，在北迴鐵路通車多年後的今天，仍只是紓解一小部分的交通問題，花蓮依然像個素樸的女孩。

蘇花公路沿海行，崖邊浪花拍擊，險峻帶著野性；橫貫公路一邊是山一邊是山崖峭谷，透著一股深沉、潛藏的不安，坐了一整天的車，彷彿被拋棄在荒野中，與世隔絕，寂寞、徬徨。

對於橫貫公路，每個人的解讀是不一樣的。觀光客想到的是天祥、太魯閣，有個奇特的燕子口。早期沒什麼旅遊觀念，多數花蓮人對橫貫公路只想到「台中」。母親說，在我很小的時候，外婆就帶我搭車走橫貫公路回苗栗她的娘家，金馬號從花蓮出發，在天祥和梨山都會停一下讓旅客上廁所，終點是豐原，外婆帶我從豐原坐客運到苗栗，這樣冗長的一整天之旅，我的印象卻只有天祥，不是跟著外婆，是跟著母親到天祥玩。那得從一張照片說起，而那次的天祥之旅，走到哪裡，玩了什麼，吃了什麼？完全不記得，只有拍那張照片的記憶。

照片中有阿嬤、伯母、堂伯母、母親和我，應該是冬天，阿嬤、母親等都穿著大衣，也許風大，連我也包著頭巾，我大概七、八歲左右，和其他的照片一樣，我一臉不高興，跟誰賭氣似的。母親的肩頭後露出一個「祥」字，「天」字只有一撇的尾巴，照片的左邊依稀可辨識是一片林子，父親說，那是一片梅子林。拍照的人是父親。其實，還有幾張是在慈母橋、長春祠拍的，而我每次想起的總是天祥這一張，也許是，我剛認得「天祥」這兩個字的因素。

然後，一直到讀高三，我才又到天祥。我想很多花蓮人跟我一樣「近廟欺神」，想著它是花蓮的景點，永遠也跑不了，要去有的是時間。母親就說，她這輩子只去天祥三次，含帶我七歲那年，兩次是農會招待。早期天祥是到台中的必經之站，暫停時順便看看，現在飛機、北迴鐵路暢通，太魯閣、天祥就成了外地人的觀光之地。

高三春假，也不是慕名去天祥，只因為讀的是女校，當時基於安全理由，一律沒有畢業旅行，也沒有任何的郊遊。帶著叛逆的心情，我們十數個人挑戰權威似的搭車到天祥，第二天一早健行至太魯閣，我至今還記得全程十九公里，我走了六個小時。

後果是學校差點以「私自旅遊，記大過乙次」，後來因為蔣介石過世無心追究，加上就要畢業，導師力保，不了了之。後來，天祥就成了我青春時期叛逆的證據之一。

直到成了「外地人」，花蓮成了「娘家」，我才真正認識天祥、太魯閣，也才真正關心橫貫公路。因為被認為是外地人，常有被邀請拜訪天祥、太魯閣，然後，每次不同的景點，一個個拼湊成較完整的地圖。

十八歲離開花蓮前，我不知有神祕谷，沒去過水濂洞，更沒有走過白楊步道，不知道太魯閣的峻美，不曾體會天祥的秀麗，也直到太魯閣成了國家公園，我才意識到我生長在一個許多人羨慕的地方，卻又像個觀光客，千里迢迢跑來參觀。

橫貫公路，早在日治時代已陸陸續續開挖，一段一段的通連，幾次的山崩落石掩堵，好幾個人因之喪命。通車後多年來，花蓮到台中，數度斷絕。一九五六年七月動工鑿闢，我還尚未出生，通車後的四十年，我再度以外地人的身分來看她，彷彿失散多年的親人，再一次的辨認。

辨認，從文字開始，我一頁頁翻讀著解說員著述的資料，宛如，證明正身。然後，循著文字的氣味，尋索我從未知道的太魯閣國家公園、橫貫公路，故鄉的羽翼。

參觀的隊伍散漫的拉了長長穿過九曲洞，前面走著是四十四年前在這裡以刀斧，鑿擊著堅硬岩壁的老伯伯，在通車四十年後的今天，他們再度拿著小斧頭，依稀當年鑿擊岩壁，鏗鏘幾下，靦腆的對著我們說：老了，鑿不動了。四十四年前，他們正值青壯年。太魯閣百年行路，我們站在後四十年的據點，猶似盤據歷史的一個小點。

傾聽海洋的聲音，那是來自靈魂的呼喚——梭羅。

在未進入白楊步道前的隧道口，解說員寶寶一再提醒：用心走路。幽黯得幾乎不辨五指，全憑聽覺，用心走路。走在黯烏的隧道，彷彿沉落最深的海底，我聽到梭羅的話，也聽到自己靈魂的呼喚，靜靜的，像魚潛游在深深的海底，用鰓用鰭，穿越海域。泅游過黑色的海洋，步道才開始。資料上說，太魯閣國家公園「全區幾乎包含了全台不同海拔高度的植物群落……維管束植物至少有一千餘種，包含五十七種稀有植物，動物至少有二十四種哺乳類、一百三十九種鳥類……。」心靈未開，眼拙的我只認得羅氏鹽膚木（山埔鹽）、構樹（鹿仔樹）、杜虹、菝契（山歸來），以及沿路的月桃和攀爬在山壁的腎蕨，這些還是我小時就知道的植物。

我們在另一個洞口停止腳步，安靜下來。馬步雜沓似的聲音遠遠傳來，越來越急切，然後，蹦裂而出。在白楊瀑布前，身姿一寸一寸的縮小，大匹大匹的水瀑下，我好似被壓扁的小昆蟲，張口望著奔騰的水霧，水切著大石塊，激擊的滂渤聲音，從我身體穿進穿出。我在這裡，這個我應該在的地方。艾莎珂．丹尼蓀在《遠離非洲》時這麼喊著，喊出我這隻小昆蟲的心聲。「岩石、樹木，還有吹在臉頰上的風！堅實的大地啊，共有的感覺啊，接觸！接觸！接觸！」這是梭羅的高地，也是我的神祕谷，我撫觸的大岩石，河水沖涮萬千遍的岩塊，滑潤如玉，即使是褶皺，也是溫柔的。羅列整個河床的岩塊，像極神仙的履跡，一級級通往天堂的階梯。溪底一小塊一小塊的砂卡噹石頭，如掉落的星星，耐心的等待另一個女媧。

火車轟隆隆穿越立霧溪口往北行。蘇花公路、橫貫公路的交會

處。鷹蹲踞，振振鼓翅。花蓮之翼，羽翼豐厚。我北行出鄉關，而我
將再回來。

我的宜蘭拼圖

數車站是我讀大學時養成的習慣；不管是花蓮往蘇澳的蘇花公路或是蘇澳往台北的火車上，一年來回好幾趟，一年中我數了好多次北上的羅東、宜蘭、礁溪、頭城……，或是回花蓮的南澳、東澳、和平、新城……。在當時蘇澳是轉運站，我偏執的將它獨立於宜蘭之外。所以離開蘇澳後的任何站名對我都是異鄉。

特別的是，到了宜蘭、羅東我總是揣想，走出車站會是什麼樣貌？和我的家鄉花蓮縣吉安一樣嗎？讀書或返鄉的路途中有數十個車站，唯獨對宜蘭、羅東好奇，因為高二那年，國文老師張玉花在課堂上唸黃春明的小說〈魚〉，對白部分老師仍沿用台語，她說黃春明是宜蘭縣羅東人。一九七〇年代，課本上的作家都是古人，都在中國大陸。「台灣作家黃春明，宜蘭縣羅東人。」聽來特別親切，而且到宜蘭只要走一趟蘇花公路就到了，算是離花蓮最近的縣市。有時經過羅東，望著遠處的山巒，彷彿從山坡處傳來「阿蒼嘶著嗓門喊著：『我真的買魚回來了。』」

　　另外，父親說有些親戚是從宜蘭、羅東來的，就像伯母的家族，在日治初期由宜蘭、羅東遷移到花蓮。伯母十分重視傳統的禮俗、祭祀等，相對於較前衛的母親，總是說「那是宜蘭例（禮？）」。年少我並不清楚什麼是「宜蘭例」，但每每伯母準備請客的菜餚豐沛十足，有幾道是手路菜非常費工，我只記得西魯菜（肉），其實就是十錦菜，有五花肉、桂竹筍、魚皮、大白菜、香菇、蝦米等等，最後灑上蛋酥。宜蘭對我而言是西魯菜的故鄉，還有鼻音特別多ㄣ的語句。

　　後來對宜蘭的印象如積沙般的累進；〈丟丟銅〉民謠、歌仔戲的發源地、蔣渭水、郭雨新的故鄉。大學畢業那年北迴鐵路通車，我結婚定居台北，回娘家的路多半在天空或在快速通過的自強號，很少有機會再數車站。除了大學時談戀愛去了一趟福隆，竟從未去過宜蘭、羅東，那個我數過無數次的車站。

一九八〇年代末，我以雜誌社編輯的身分參觀即將峻工的冬山河。聽說，陳定南縣長拿著尺一棵棵量著樹與樹間的距離，看承包商有無偷工，也聽說陳縣長拒絕台塑六輕，以及任何破壞環境的工廠。宜蘭人開始驕傲自己擁有美麗無汙染的家鄉，新移民在雪隧尚未通車前進駐宜蘭。

愛吃的我首次嘗到連伯母也未曾做過的糕渣，作家李潼很得意的說「只有我們宜蘭才吃得到，還有卜肉、鴨賞、金棗喔。」爾後，童玩節、世界各大名校划船比賽、三星蔥、蘭陽博物館……宜蘭就如一只大口袋，不斷裝進各種特色和特產。我也在不同的機緣一次又一次的走訪宜蘭、羅東、礁溪、南澳、頭城，對宜蘭的樣貌仿如拼圖一塊一塊拼湊起來，愈來愈豐富。

在一次參觀福山植物園的行程中，我們看見路邊死了一隻鳥，同行的版畫家也是賞鳥家何華仁說：「那是一隻公彩鷸，是自殺的。」

我們十分佩服何華仁觀察鳥類的專業，連公彩鷸是自殺都可以看出來。他接著又說：「可憐喔，牠的老婆跑了，幾隻小彩鷸嗷嗷待哺，加上景氣不好又失業，唉不自殺才怪。」我們一群人被逗得哈哈大笑。何華仁一臉正經的解釋，彩鷸的生態比較特別，公彩鷸負責孵蛋、養育幼鳥，母彩鷸只負責談戀愛、生蛋，生完蛋又去找其他公鳥。幾個女作家心生羨慕，紛紛改筆名，有田彩鷸、劉彩鷸、方彩鷸……。後來，何華仁果真移居宜蘭，效仿公彩鷸在家打理家務，進而畫了彩鷸爸爸的繪本。

習慣坐火車、開車到宜蘭，我們幾乎忘了宜蘭／噶瑪蘭的水路。在日治之前，水路為噶瑪蘭主要貨物運輸方式，駁仔船載著魚貨或農作物行駛在西勢大溪（宜蘭）到烏石港，到東港（壯圍東港）、到大湖底（員山大湖）。長期的內陸式治國，我們不僅忘了水路，更無視四周環海，一味的怕水、畏懼海洋。

噶瑪蘭水路已改。初冬我們行船在冬山河，午后冬陽從薄薄的雲層灑落河面，河水閃著細碎的金黃。不遠處北迴鐵路一列區間車緩緩駛過河上的鐵橋，驚起一隻紅冠水雞從左河岸飛到右河岸的草叢。夕陽漸漸隱遁到山頭，「水路」歷史悠悠沒入船底沉落水底，天際鬆刷一層淺灰，我們泊船靠岸。

已忘了是第幾次到宜蘭，卻是第一次到黃春明老師剛開的百果樹咖啡館；紅磚屋古色古味的咖啡館裡，黃春明老師繫著圍裙招呼我們，又是春明餅又是橘子，咖啡館裡充滿著食物的香氣和笑聲。寫〈魚〉時還是青壯年的黃老師，現在當阿公了。愛亞姐提到春明餅的由來，更說到黃春明老師和師母賣便當的陳年往事。喊黃春明老師是因為早在十多年前在東華讀研究所時，黃老師是駐校作家，也是我的小說課老師。黃老師說學逗唱，肢體語言極為豐富，上他的課就像走進他的小說中。

晚餐是一桌豐盛的宜蘭地方美食，必然一定有糕渣、西魯菜和宜蘭式的鰗仔米粉。當然宜蘭作家們黃春明老師、吳敏顯又說了：「這只有宜蘭才有。」

翌日，微雨寒涼，探訪李榮春文學館，李榮春一生孜孜於寫作，無家無妻兒，數百萬字的作品、手跡陳列在日式的建築中，彷彿告知來訪者，寫作是他一生唯一的追索。

走在頭城老街，感受到蘭雨的纏綿。老街上十三行遺址康家舊宅、盧纘祥的日西式宅邸，門前用來泊船的頭圍港，如今淤泥成小水塘。頭城十三行遺址是由當地十三間街屋聯結而成，屋齡大約二百年，在清代曾經是宜蘭對外貿易的港口及倉儲區；望著水草雜草叢生的小水塘，雖少了當年水路的風華，老街依舊存著人文的氣息。

這趟噶瑪蘭水路之行，在我宜蘭印象中多了歷史、人文和文學的圖塊，宜蘭的瑰麗愈來愈明。

泉水汩汩的礁坑

那一年，第一次離開家鄉，父親陪著我北上唸書。車子從蘇花公路下到蘇澳，父親鬆了一口氣，那段彎彎曲曲，懸崖峭壁忽山忽海的驚險旅程終於結束。

在蘇澳車站簡單快速的吃了午餐，父親急著帶我轉搭火車。北迴鐵路未通車前，花蓮到台北耗時耗事；一早在花蓮車站搭上金馬號，曲曲折折行駛在單線通車的蘇花公路上，沿途得在幾個山區鄉鎮等候對向來車，會合後再各自往前行駛。中午到達蘇澳車站，約有半小時吃午餐時間，填飽肚子隨即再搭對號快火車北上，這樣「一段路兩票式」的乘車方式叫「聯運」，金馬號加上火車，從台北往花蓮也是如此。

火車當然比客運車舒服，所以少有人想一路搭金馬號到台北。

礁溪車站

那個年代，普遍無法講究速度，城鄉差距也不大，每個城市鄉鎮都重要，對號快火車幾乎每站都停。從蘇澳到台北，父親像嚮導一站一站向我解說，解說的方式是以他到過、在那裡當過兵，或是有親戚朋友居住的，如果以上皆非，父親會想辦法說出那個鄉鎮的特色。

從蘇澳、羅東、宜蘭、頭城、瑞芳到台北，很多地方都有父親的親友，雖然這些親友八百年也從未聯絡。

沒有親友居住的車站，父親有時會說些故事，像南澳日本時代原住民少女莎韻的故事，還有像一隻烏龜浮在海面的龜山島。

當然也有完全超出父親所知所識的車站，就像礁溪，父親對著礁溪車站喃喃自語：有溫泉那會叫做焦坑？

我比較好奇的是台語的「溪」為什麼唸成「坑」？父親說一直以來就唸焦坑，不是焦溪。

一趟的北上就學旅程成了我對台灣地理的認識，比地理課本豐富有趣多了。爾後，每次往返台北花蓮，經過礁溪總會想起父親那句話：有溫泉怎會叫焦坑？後來，北迴鐵路通車了，有些車次並沒有停礁溪站，再後來多半是搭飛機，焦溪焦坑的疑惑漸行漸遠了。

經常為了公事、旅遊到宜蘭、羅東，雖然礁溪的溫泉是那樣的吸引人，就是沒在礁溪落腳停宿。幾年前，我們決定專程到礁溪洗溫泉，再度想起了父親對礁溪的疑惑：有溫泉怎會叫焦坑？

行前蒐尋相關溫泉旅館的資訊，同時也找尋有關礁溪地名的資料。根據礁溪鄉公所的資訊網站：「溫泉，是礁溪天然資源，早在吳沙開墾蘭陽時就被先民挖掘發現，築圍沐浴，稱為湯圍。日治時期，日本人開始將溫泉作為商業用途，以溫泉為號召，先後開設樂園、圓山、西山等三家溫泉旅館，溫泉逐漸與礁溪齊名。

一七九六年（清嘉慶元年）吳沙由頭城登陸，一路南下開墾，至嘉慶三年，已陸續完成礁溪湯圍、白石圍、三圍、四圍（今吳沙村）之開發。一九五〇年宜蘭縣設縣，礁溪鄉轄管十八村至今。礁溪，台語意『旱坑』，原意是乾旱缺水的溪床地。」

《臺灣文獻叢刊》，礁溪的「礁」字，台語的意思為「乾」的意思，這是因為這附近的溪谷中，通常都是水量稀少，有時甚至呈現乾涸的狀態，所以就稱為礁溪了。

也有資料告知礁溪舊地名為「湯圍」，指的是吳沙開墾時代發現有溫泉而「築圍沐浴」。也就是，十八世紀的吳沙已經泡過礁溪的溫泉了。在那開墾年代，艱辛的工作完後泡上溫泉對吳沙而言應是一天中最美好的時光，難怪吳沙會選在礁溪四城定居。

二〇〇八年的冬天，從暖暖出發，一路上先生對女兒說的是台灣人的拓殖歷史；吳沙走的是循山北宜路線，我們走濱海公路，從基隆的雞籠由來開始，瑞芳舊稱「坩仔賴」，九份的金礦，以及九份下方的海域因為酸礦排水而形成的陰陽海。進入宜蘭是石城，再來是龜山以及吳沙開拓宜蘭的第一城頭城，最後，終於進入礁溪溫泉鄉。

對於植物的喜愛，我一路教著女兒辨認各種不同花草樹木，十二月的芒花、山坡溪邊花季已過的野薑花、月桃，到了礁溪當然得提到溫泉空心菜和金棗。

住進溫泉飯店，離礁溪火車站不遠，女兒提議去逛逛。在都市生長的她們，對於兩條呈 T 字型的火車站前最熱鬧街道的期望是有些落差，但是店裡的一些宜蘭名產金柬、各種酸甜蜜餞、鴨賞、牛舌餅倒也吸引她們的注意。

假日入夜的礁溪火車站湧進一些人潮，望著這個不大的火車站，想起多年前總是從火車上望著它，浪漫的揣想著溫泉鄉的樣貌；蜿蜒而上的石階小徑，溫泉屋外吊著紅色紙燈籠，日式的浴池霧氣瀰漫，還有像北投的那卡西走唱……。匯集日本和北投溫泉的制式樣貌。

眼前的這個溫泉鄉和一般台灣鄉鎮沒兩樣，沒有紅燈籠沒有那卡西，除了幾棟高聳的溫泉飯店，和假日前來洗溫泉的外來遊客外，我想礁溪平時應該是寧靜淳樸的小鎮。

回旅館的路上，女兒啃著牛舌餅，我拎了兩盒水晶金棗蜜餞、一盒鴨賞，盤算著明天回程時買溫泉空心菜和小番茄，如果路上還有人賣三星蔥那就更理想了。

飯店裡可以在房間裡泡溫泉，也可以到大眾池，或情侶池。房間的是一般浴室的設計，大眾池或情侶池是檜木池，比較有泡溫泉的感覺。

女兒問我溫泉一般不是在山上，礁溪靠海哪來的溫泉？難不成是海嘯引起的？

果然與海有關！看了飯店的礁溪溫泉介紹，終於明白不是位於山上也有溫泉的原因；「礁溪溫泉源自於三萬年前，因為沖繩海槽擴張，引發火山噴發而火山噴發時所流出的高熱岩漿，在火山活動停止後，仍然殘留在地底下，造成附近的地下岩層產生較高溫度，龜山島就是那時候形成的火山，礁溪正於火山噴發的範圍裡，因此造成了地裡高溫的特殊地形。」

「蘭陽平原因為地形關係，雨量極為豐沛，大量的雨水溶入礁溪的地下岩層，並且迅速被地下的熱能加熱，成為滾熱的地下水，儲存在岩層中。此外礁溪恰好位於斷層地帶，地層的裂縫形成地底熱水上升的通道，一旦熱水受壓後就沿著裂縫上升湧出地面形成溫泉。」

礁溪溫泉確實是台灣少見，位於平原地帶，取用極為便利的碳酸氫鈉泉。溫泉的由來懂了，同時對於當年父親的「有溫泉怎會是焦坑？」的疑惑也徹底的明白。

資料上還說，「礁溪水溫攝氏五十度，內含鈉、鎂、鈣、鉀、碳酸離子等成分；水質十分清澈潔淨，無臭無味，沒有刺鼻的硫磺味。」

因為無臭無味，對第一次泡溫泉的女兒來說和在家裡泡熱水澡沒什麼兩樣，她們還是不懂大老遠跑來只是為了「泡澡」。其實，除義大利之外，只有礁溪溫泉含有「酚酞鹼」成分，據說可以美容養顏，對皮膚炎、溼疹汗疹等也有改善的作用。

現在泡溫泉比吳沙當年的湯圍當然更純粹也更享受；泡到汗水淋漓，毛細孔全暢開，彷彿整個人剔透清明，嘴裡嚼著水晶金棗蜜餞，身心都潤澤了起來。

也因為地處火山帶，礁溪除了溫泉還形成特殊的瀑布、湖泊及山景等多樣景觀地貌。女兒看著景點介紹，嚷著：「明天去看五峰旗瀑布嗎？」

「下次吧，下次我們再來泡溫泉，然後去看瀑布，去走古道。」來礁溪當然不能只泡溫泉。

台北寅時

認識台北從微光開始。

那一年高四重考生，白天曲蜷在館前路的補習班，晚上窩在窄仄宿舍，見到陽光的時間實在不多。第一次離家，害怕黃昏一盞盞點亮的路燈，也畏於家家戶戶窗內溫暖的光暈，晚膳的時間讓人覺得被遺落在孤島，家在數百里之外。華燈初上，台北的夜，對我是一種思鄉的折磨。

我常在清晨前醒來，像鴿子籠的宿舍沒有窗，細微亮光來自走道，走道的窗外是一小方天井，初秋寅時，天微微透光，像一張水墨，重重的灰青色渲染著，然後逐漸變淡轉亮，薄而弱的陽光灑入天井，天就亮了。

有時，坐在大門內的階梯上，從上方玻璃窗看見街道巷弄從黑夜走到天亮，從寂靜到嘈雜；天漸漸光是我認識台北最深沉的方式。爾後，我屢屢在子時到天微光才肯撇下濃夜的台北就寢。其實，來台北的前幾日，我也在天漸漸光中告別花蓮。

大學聯考完後幾天，幾個死黨聚集在月蘭海濱街的家，聊的都是茫茫的前程，五個人中只有純慈把握有學校唸，她在乎的只是國立或私立，瑤華想考夜大，錦秀要考三專，月蘭想找工作，我什麼都沒想，而且也篤定考不上任何大學。那個年代，高中的我們還不敢明目張膽的談戀愛，能聊的只有暗戀的對象或喜歡什麼類型的男友，五個女生談聯考、談大學、談毫無經驗的感情想像……聊著聊著，墨夜轉灰黑，天再過不久就會亮了。

走！去看日出。

幾分鐘後我們來到海邊的堤防。灰黑的夜色我們看不太清楚浪花刷洗沙岸的影像，然海潮一波波襲擊沙岸的聲音，在謐靜的夜裡，像竹扁籃篩豆子，每顆豆子滾動的音節都聽得清清楚楚。

我們走下堤防坐在一點點潮濕的海沙上。沒有人說話，安靜的等待日頭從太平洋的海面蹦跳出來，也彷彿在進行一種儀式，告別家鄉的日出海祭。再過些時日，我們將從蘇花公路或橫貫公路到異地工作或求學，把最純真質樸的人生留在此地，以海以日為鑑。

黑灰的天色轉為青灰，另一頭的沙岸有幾個人影，細細輕輕幾句交談聲，日出的祭典不宜喧譁，似乎成了默契。日頭宛如一顆火球從遙遠的下坡往上翻滾；從一點點光影亮在海面上，然後是一小片，繼續擴展成半圓，光影再奮力拉長拓展，沒有告知似的如一顆煮熟的湯圓，蹦！一顆火球冒出在滾燙的海面。哇的一片聲響，熱烈的話語紛紛落在沙灘上。

然後，我們真的各奔前程。

我在太陽升起後搭金馬號走蘇花公路、換火車走北宜線來到台北館前路的補習班，走出車站，紅紅大大的太陽低掛在西邊樓與樓之間的隙縫。

是那方天井的微光影響？爾後，我經常流連在台北的微光，晝日與睡神搏鬥。

多年後到報社工作，世紀末與世紀初，藉著夜晚工作，我名正言順的從子時流連到寅時，越夜越美麗，天色微亮才就寢。

台北有很多面貌，晝夜各有精彩。子時後的台北是另一種繁華；忠孝東路四段另一群人彷彿剛甦醒過來，車聲、攤販聲沸沸揚揚，買東西、看電影、吃消夜，子夜場的生活正式開演，復興南路的白粥滾熱著，KTV樓下的人進人出，烤香腸的氣味濃烈，敦化路的酒店霓虹燈熾豔，計程車、黑頭車來來去去，一個個敞開西裝拉歪領帶的男人，像煮熟的蝦子硬被塞進車子裡。

或者夜還淺一點，我下班離開南京東路二段的報社，第一批應酬結速的人背上貼著疲憊，車子乏力的往回家的路行駛。有時，我走路回家，從二段走到五段，路上行人愈來愈少，店家的燈一盞一盞的暗滅，有一種荒涼，猶如一條被棄置的街道，一棟棟人去樓空的建築。

這條路布滿銀行、證券公司，白天汲汲營營的人群此時躲在夢裡安穩沉眠或煢煢孑立在夢中尋富迷失？屬於白晝生活的這群人正在安眠，這裡的夜已吹熄燈號，繁華黯然失色；白天翻騰的就讓暗黑來沉澱，白日的挫敗、煩悶就讓夜來舒緩撫慰。

回到家裡，讀小學的女兒已就寢，屋裡如遭竊一團雜亂，我像海螺女在子時前打掃整理、準備丈夫和女兒隔日的晚餐。審視女兒熟睡的臉後，燈火升起，我的夜才開始。

深夜裡有很多事可以做，也可以什麼都不做；有時寫作，有時閱讀，看電視或觀賞影片，夜雖暗沉，時間流動卻是快速的。寫作時，整個台北城我似乎只聽到敲打鍵盤的聲音，答．答．答篤篤脆亮的敲字聲響彷彿和心應答，是我的最愛。偶爾救護車或救火車的尖銳聲響刺破沉寂，隨即黑夜再度閉合沒了聲響，彷彿一切都沒發生過。

和文字交纏直到天色微光，幾聲脆亮的鳥叫聲，隱約可聽到公園早起人的招呼。我不捨的關了電腦、電視，合了書，拉開窗簾小縫隙，望著正在甦醒的街道，美麗的夜結束在寅時的微光中。熄燈就寢，在另一半的鼾聲中努力入睡。

有時，真的什麼都不做，不打字寫稿，不翻書，不看電視，坐著或站著，想事情或發呆，聽夜的流動，看光影的變化；燈光的城市沒有純粹墨黑的夜，總暈染著燈影顯得空洞寂寥，不似白天的燦亮翻騰。從橙黯的黑到深灰暗，再到青灰，燈光逐漸漸被稀弱，喧鬧的一天就要開始。

經常，我就坐在烏暗的夜裡，聽台北城最微弱的心跳，仿如叛逆者或過動兒終於酣睡的祥和呼吸聲。有時，也想起十八歲那年，在花蓮微光的海灘等待日出，那份質樸的心。從沉夜到天色微光，是我觀察一個城市最直接的方式；疲憊或酣睡的夜與人最貼近。

天漸漸光，是我一天的開始，也是結束。

陽光和星星交織的城市

就像候鳥，來來去去不同的城市，有時是過客，有時定期落腳；曾經有兩年多，我從陰雨濕冷的北部，週週來台中曬太陽，曝曬陰暗與發霉的身心。

二〇〇四年，離開工作十多年的媒體，諸事不順身心俱疲，時間變得蒼老，緩滯癱倒，酷熱的夏日卻宛如寒冬。靜宜大學台文系主任陳明柔，讓我來台文及中文系兼課，這是紓散心情唯一的出口，然而彼時台中卻是我最不想來的地方。

那時還沒有高鐵，一早我搭上客運，一路睡睡醒醒到了台中朝馬站。秋天剛到，下了客運，豔炙的太陽高掛在天空中讓人想癱懶，任陽光把所有的不快蒸發。真希望像波特萊爾當個「漫遊者」，由大馬路拐進小巷，散漫的觀看來去呼嘯的汽車，打量路人的神色，或者揣測每扇大門、窗戶裡的故事……。

巨業公車像隻龍貓倏地停在眼前，乘客似蠕動的肥蟲擠進窄仄的位子，沿路景致一格格閃過，車上大半是老人，有人俟著司機問路或閒聊，像是舊識或鄰居話家常，陽光煎著車椅，煨著乘客，有人閉目，有人貼著手機大聲講話。望著車窗外，街路名稱像林中乾枯枝葉發出清脆的聲響，黎明路、中港路、安和路……；澄清醫院、榮總、東海大學……我專注的看著一個個站牌，深怕錯過目的地。

沿途的建築宏偉，餐館不僅寬敞，而且有寬廣的停車場，咖啡館有庭院，喝咖啡也兼有視覺的享受。看來這是一個經常被陽光曬涮的城市，馬路、屋宇、花樹被煎曬的氣味如滔滔水流，從窗外流淌至車內。不似北部的悶熱溽氣，是乾爽烘熱讓人想昏睡沉沉入夢。

由中港路轉入更寬大的中棲路，也由城市拐入郊區，車潮人群漸稀，有些屋外的九重葛赤麗奪目想和日頭爭豔，路旁的相思樹鬱鬱蔥蔥，闢出一條陰涼的走道。終於到了靜宜大學的大門口，兩排大榕樹一左一右從校門口蜿蜒向前，我選擇左邊的榕樹道，茂密的枝葉和氣根密密織成一條不見天的林蔭路徑，百來隻雀鳥吱吱喳喳聲，將樹蔭的縫隙全給填滿了。這兩排的大榕樹幾十年或百年前便在這裡栽苗扎根，然後老老實實的待在這兒了。

任垣樓是依山的坡度建造而成，高高低低，鄰著荔枝園。我循著階梯，上上下下找到了教室，開啟了我第一次講台生涯。他們是第一屆台文系，活潑、熱情，全班凝聚力極強，就像一群小太陽，在他們身上我找到了久違的純真和溫暖。

是因為台中的大太陽，還是校園的小太陽？讓我生命中有一小塊憩息。

兩天的課程，我得在台中婆婆家過一個晚上，我開始認識台中的街道，台中的商店，台中比台北較為緩慢的生活，還有台中舒適的氣候。

年後的第二學期伊始，因為台北一份特殊的工作，我結束了靜宜的教書，以為從此不會再有機會回到這裡和學生互動。三年特別的工作結束，六月去了趟敦煌，七月明柔再約我回靜宜，為了回報明柔知遇和負荊「臨陣脫逃」，我再度回到靜宜，一教就是兩年。

這時有了高鐵，課是排一天，從早上到下午。一早搭高鐵轉接駁車到東海大學，一樣再搭巨業公車到校門口。每週和當時的助教小實有這樣的對話：

「老師，搭公車很慢也不方便，我開車去東海接妳。」

「搭公車很方便，又可以認識台中市。」我引頸已久的公車始終不來，即使來了也是滿滿的人塞在裡面。

「老師，今天太陽很大，我開車到校門接妳。」隔週小實退而求其次想在校門口接我，減少我二十多分鐘的走路。

「我喜歡走路，有大榕樹蔭很涼的。」再涼的樹蔭，爬坡走上二十多分鐘的路程一樣汗流浹背，但這一小段路程卻引發我對野菜的興趣。

「老師，今天下雨，我到校門口接妳。」再隔週一早小實又來電。

「沒關係，我有帶傘，我喜歡走路。」我再次婉謝小實的好意。

「老師，今天風大，我到校門口接妳。」小實總會找到任何可以接我的理由。

「風大涼爽，最適合走路。」沙鹿風大，不管晴天、雨天、風大，我每每走到教室，總是披頭散髮、狼狽不堪，我一再辭謝小實的體貼，雖是不想造成她的負擔，主要是我真喜歡走路，且因走路我在靜宜校園發現好幾種野菜，尤其是長在荔枝園旁及大樹下一大片翠嫩的龍葵。從二十分鐘的路程增為三十分鐘，包包裡備有塑膠袋，總是塞滿了龍葵及野莧。週週的靜宜教書成了我快樂的摘野菜之旅，也引發我書寫野菜的念頭。

事隔三年再回到靜宜，台中的太陽更加溫暖，天地更為寬闊，有時明柔領著我到不同的台中餐館晚膳，讓我領略夜裡的台中。從沙鹿往台中市街俯瞰，密織般的燈海和夜空的星星天地連成一片，這是星星的台中。比起白天的太陽溫暖炙豔，夜裡的月和星星卻如水般的潤澤，一陽一柔形就台中的明、媚。

當然還有我最愛的咖啡豆烘焙，據說全台最好的烘焙技術是在台中，流連幾家咖啡豆烘焙館，品嘗到新鮮香醇的各種咖啡，加上空間美學，台中的飲食文化深植我心。

再美的景致和美食耽溺，也總有一天散席；在靜宜教完兩年，覺得「負荊」可卸，候鳥也累了，決定讓自己更悠閒過日子，辭去靜宜的兼課。這幾年來，每每瑟縮在濕冷的台北街頭，總要懷念台中的大太陽和清澈剔亮的星星，尤其醇郁的咖啡和空間視覺的享受。

如果有人問我最喜歡台中的什麼，我會說：都喜歡，從白天到黑夜，從咖啡到美食，還有溫暖和樸實的人情。台中必然是漫遊者最好的選擇，是陽光和星星交織的城市。

日裡的陽光，夜裡的燈

認識高雄，從台語老歌開始；母親晚膳後哼唱著台語歌，一首接著一首，多半哀怨淒涼。那時我大約五、六歲，有些記憶，總不解何以這些歌都這麼哀傷。上學識得字，翻閱著歌譜，逐漸了解有些歌是有明顯的地域性，從雨港的基隆、台北到高雄、屏東、台東，有〈港都夜雨〉、〈府城南都〉、〈南都夜曲〉、〈思想枝〉、〈台東人〉等。這些地區對我並沒什麼意義，歌詞而已；生長在後山的花蓮對於山前西部全無印象，和多數的小孩一樣，長大後要去台北讀書，台北是一個童年最大的夢想和願望。台北的夢想是大人們給的印象，沒人告訴我們可以去台中、台南，或者去高雄。

或者去高雄。從來沒有想過可以去高雄讀書，但是還是從台語歌中認識並且對高雄有了一份浪漫的懷想，那是淒美的愛情，〈高雄發

的尾班車〉、〈愛河殉情曲〉，離別和殉情對於十三、四歲的少女不識情事，卻認為愛情人生最高的情操，很少去想為什麼離別總是從高雄開始，總是從南部到北部，總是南下北上？天經地義的，大家都到台北去，那麼高雄呢？

那麼高雄呢？高雄和基隆一樣都是離別的港口，不同的是一個雨港，一個南都；一個雨水浸潤的漁港，一個陽光暖熱的城市。同是後山的花蓮和台東，也同樣有不同的轉運站；不管陸路或海運，花蓮人習慣經過基隆到台北，台東人大抵則從高雄換火車到台北，高雄對於生長在花蓮的人而言，就仍只是歌詞中的一個地名，一個充滿陽光，卻也瀰漫著離別的南方都市。

認識高雄也從台北開始；大學的同學有屏東人、台南人，也有台中人，當然有人從高雄來的。對於道地的台北人而言，不管從哪裡來的，只要不是台北人，都是鄉下人，都是外縣市的人。那個年頭，沒有人會很驕傲的說：我是從花蓮來的、我是從高雄來的。在各種奇怪的因素組成下，我們都認為台北是最好的，即使到一九八〇年末紅極一時的〈向前行〉歌詞裡還是：阮要來去台北打拚。向前走，從任何地方出發，前方都是台北。我們這群鄉下來的同學不會特別提起自己家鄉的特色，我們自卑的以為自己的故鄉一點可取之處也無，我們刻意把自己打扮得更像台北人，連說話的腔調也要折騰笨拙的舌頭，直到道道地地成了一隻隻色彩斑斕的鸚鵡。

可是，就在七〇年代末我從電視上認識了高雄；橋頭鄉余登發事件，再來就是更震撼的美麗島事件，這兩件事件讓我把淒美的高雄轉換成悲壯的城市，一個民主起義的所在。

高雄從歌詞中跳脫出來，具體而悲壯的存在著。

但是，高雄還是一個十分遙遠的地方，遠到只能在電視螢幕上觀看。高雄存留在心底的是「黨外的發源聚散地」，可是對高雄始終沒有真實的記憶，沒有足履行踏過的印跡。

多年後，總是在交通工具上走馬看高雄，也終於看了悲悽的愛河，汙濁發臭的河水，一艘艘身軀龐大的輪船匯聚的港口，幾隻海鳥低低掠過海，掠過船桅。沒有離別的哀愁，沒有「南都更深歌聲滿街頂」的景象，黨外成了最大的在野黨，旭日東升取代了悲壯；高雄準備更新，正在脫胎換骨。

於是，對於高雄有了淺淺的記憶。炙熱的陽光，廣闊的海灣，一個準備出帆的港都。

再來，從媒體，從視訊上，我們看著愛河日漸澄清，一盞盞的燈光點亮著高雄市的夜，日裡的陽光夜裡的燈，南都景致有了變化，有了時代的變遷。這個年代裡，台北市不再是最好的，也不再是最佳或唯一的選擇；宜蘭人驕傲了好幾年，花蓮、台東是台灣最後的淨土，台中、南投有最宜人的氣候和居住的環境，苗栗桐花祭的五月雪，雲林台灣咖啡的濃郁香醇，屏東有黑珍珠、鮪魚祭……。每個城市每個鄉鎮自信地找回自己的特色，高雄也有水與光的燦爛，更重拾了愛河美景的驕傲。台北市呢？一〇一大樓，還是一棟接一棟的百貨公司？

還是回到萬華的舊街風貌？

　　而我總又是一再路過高雄，一次又一次錯失仔細端詳高雄的丰采，從高空上，從陸地上，總是無緣於高雄的美麗面貌。

　　二〇〇四年春天，日裡的陽光夜裡的燈，我終於仔細的端詳了淺淺記憶裡的高雄。世代交替，命運也會轉換，甫踏上高雄的土地，大家鬆了一口氣：這裡沒有抗爭。隔著一層昨日的雨霧，陽光鈍鈍的灑在灰灰的天空，前鎮河上小船正撈著昨夜順雨水而下的漂浮物。我緩緩的腳步仔細踩踏著這塊陌生的土地，路，路，四處都是路；用腳踏成的路網，伸展在空曠的土地上。希望日後不再是從歌詞，從電視上記憶高雄，而是從腳步累積高雄的記憶。

　　走過拆除了高牆的文化中心，走出了炙熱的陽光，南都的日照終於恢復熱情，炎炎親炙著我們的頭我們的腕臂。船划開水面，安靜莊嚴的展開來，漫行於高雄港區，海域在我們面前展開，在後面闔合。長長的航路伸延著，一匹橫在海面的瀑布樣態，潮水來回流動著，塞滿了關於人和船的記憶。遠眺著岸上，陽光涮白了高高低低的樓廈，如層層疊疊的骨牌，彷彿船頭一碰，便可一一崩散。燕鷗一隻又一隻飛翔在船尾，想起了〈快樂的出帆〉，高雄真的走出悲壯的氛圍。

河流是城市的命脈，城市因為河流而活了起來；高雄因愛河的重生而展現新機。

入夜，愛河畔的燈一盞一盞點亮如星圖，彷彿喚醒了沉睡的心靈，落坐在河畔的咖啡座，人潮一波波的湧進，河風徐緩，燈影在河面閃爍，樂團演奏著爵士樂風的台語老歌，薩克司風低啞的聲韻如河濤飄飄蕩蕩的流淌，南國的風情如甘醇溫熱的咖啡，在胸口回韻，空氣漫緩、濃厚、懶散。想起塞納河左岸海明威寫作的咖啡館，想起坐落在多瑙河畔斯洛伐克的首都布拉提斯拉瓦（Bratislava）旁的古老城堡。日裡的陽光，河水流動著城市的腳步，運轉著忙碌繁瑣、俗雜的生活；夜裡的燈，河水妝扮著城市的妖嬈嫵媚，河濤如海妖迷惑著，整個人整個心似乎要醉沉入河底。

用心仔細端詳著高雄的部分面貌，用腳踩踏高雄的一些路段區域，淺淺記憶的高雄，終於輪廓清晰而具體。

日裡的陽光，夜裡的燈，那是我重新認識的高雄。

湖與山的綺麗

這半年來突然異常的忙碌，越是忙碌越想去玩去旅行；旅行越多，時間就被壓縮得沒有縫隙了。

自從遷居郊外，盡可能一週只要兩至三天「進城」；兩天上課兼採買，一天辦事或應酬。週二下午有課，早上就到學校；去郵局、銀行、拿藥……，整個早上就像陀螺在街上轉個不停。中午邊吃飯邊再「複習」教材。三點從教室衝出來，急奔校門口，好心的恩仁特地送我們去太平山。

這一天不管做什麼幾乎都用小跑步的，心裡還掛記著野菜的寫作要結案了，進度似乎有些落後。這樣的心思實在不適合去玩，尤其丟下瑣雜待處理的事到深山裡去。可是太平山是我曾訂了幾次卻訂不到住宿的世外桃源，怎可放棄？因為今天下午有課，太平山行今天的行程就只得放棄，在晚餐前趕到就可以了。

在車上，腦子仍是一團紛亂，實在不願將凡俗帶進山裡。倏地竟然進到了彭山隧道；隧道彷彿一個奇特的時空，進入和出來有時是兩番心情。從雪山隧道出來，蘭陽平原寬闊的展開，焦慮雜亂的心思好像全丟棄在隧道裡了，回程時再一一尋回它們吧。

我要去太平山，這個嚮往很久的旅遊，聽說這太平山裡的樹、湖都絕色異常，讓人流連忘返。所以，我們要去看山、看樹和看湖。

從出了雪隧隧道口，太平山的旅程就就開始了。

由宜蘭進入山區，車行在松羅部落附近，天空開始下起細細的雨絲，天色逐漸暗了下來，乾枯的蘭陽溪洲像是大山拖曳後留下來的痕跡，布滿灰的黑沙土和大小石頭，溪洲裡濁灰的小水渠背山流向海裡。溪洲岸邊一大片盛開的野薑花，宛如黑白水墨畫，嵌上綠葉白花，像是電腦繪圖黑白彩色並陳，突兀卻又出奇的亮眼。

車子開始爬坡，霧薄紗似的一層一層聚攏又散去，鳥都回巢休息了，山裡車裡只聽到蟲子聲的鳴叫。途中遇到一部從鳩之澤上來的白色車子，一前一後蜿蜒上山，整條山路就只有我們這兩部車，山徑綿延，過了一個彎，再來一個迴轉，路盤山而上。

兩部車子在靜謐的中央山脈和大雪山之間，彷彿要相依相隨到天荒地老。

天色完全黑了，車燈有時打在雨中，有時驅散團霧，連蟲聲也聽不見了，時間變得更漫長，愈爬愈陡，卻又望不見山頂，山路無窮無盡似的。過了白嶺，過了見晴，終於到了太平山莊，白色的車子消逝在另一條濃霧的路口。

或許是為了環保或是減少光害，除了餐廳和咖啡館有昏黃的燈光外，整個太平山莊一片漆黑。不過，也因為漆黑，在清晨四點鐘起床時，向陽要我到屋外看星星；站在不見五指的屋外，望向太平洋的方向，眼前宛若極大的螢幕，夜黑如墨，蒼茫星宿羅列秋空，在太平洋海面的上方，布滿星星，銀河水霧般清晰可見，北斗七星就在額頭上。

一盞紅澄的閃燈緩緩穿過星群，應該是一架國際航線的班機清晨飛過太平洋海面的天空。

清晨，霧水冷冽，陸陸續續大家起床了，像是走在停電的夜裡，我們要去看日出。可惜雲層濃又厚，一匹一匹一捲一捲的緊守著不肯離開山頭，於是我們去看湖，翠峰湖。我們走了部分的翠峰湖環山步道，解說員說給我看最漂亮的翠峰湖，不同面向、不同氣候、不同季節、不同時間，沒有一次翠峰湖是一樣的景致。

湖不過是一汪水潭能有多少景致變化？看了翠峰湖我才見識到，雲霧有千百種變化，翠峰湖就有千百種面貌，林樹抽芽花開果落，翠峰湖就有日日不同的景色，季節嬗遞、陰雨晴陽，翠峰湖時時更換新妝。從望洋山的方向看湖，山巒、雲空、林樹倒影在湖中，翠峰湖山光粼粼，雲霧波動，絕碧山色在湖中迤邐，如幻似真。

此時的翠峰湖像個立在高處，站在遠方神祕、絕豔不染塵俗的仙女。

再空透靈淨的美景，還是要填飽肚子，一早看日山，走一段環山步道，塵垢滌盡，肚腹也掏空。解說員說，填飽肚子再看翠峰湖另一邊，完全不同的風雅。

吃過早飯，我們走環山步道的另一端，還是去看翠峰湖。太陽終於掙脫雲層的纏綿，天色完全放晴，霧也散去，秋天的清澈在山裡更顯剔透。翠峰湖就在步道不遠處，平實如鄰家女子，不施脂粉，布衣棉裙，可以招手寒暄，和早餐前所見「判若兩人」，以為是兩個相異的湖。愈往裡面走，不同角度、高度觀看，翠峰湖的樣貌不斷的改變，像四川變臉，一張一張的更換，從村姑變成華麗、嫵媚，風姿綽約的少婦。

一個早上，翠峰湖給我們千百個女子的風華，給我們歲歲年年，時時日日的遞變。其實，湖比女子善變，翠峰湖則像仙女棒下不斷幻化的千面女子。

我們也去走原始林。一座以自然生態為準則的原始林，枯枝與茂林並存。林樹裡恍若一座充滿魔法靈異的場域，魑魅魍魎靜掩在某棵大樹的背後，或是枯死老樹的洞窟，連鳥都叫得有些心虛。

或者，原始林是孤獨是寂寞的，自始至終只有風的陪伴。讓人想起英國作家史帝文生野宿森林，風與樹驚心動魄的交手糾纏：「吹過群樹的風是我的催眠曲。有時候風會平穩地呼呼的吹，持續好幾分鐘，音調不升也不降；然後，風聲會膨脹、爆開，仿似一部大碎石機般劈啪作響……」

一整個上午，我們也上了一堂充實的森林生態學，解說員詳實的說明森林生態的重要，地衣如厚毯般的鋪長、不同植被的生長都是水土保持的重要一環。結束翠峰湖的行程，我們的心裡飽滿，雙腳沉重如鐵。

隔天，我們去看神木群，一棵棵數百數千年的神樹被以中國古聖賢的名字命名，除了鄭成功，他們都沒來過台灣，名字披掛在粗壯的神木上，不知他們能不能適應，這些神木能不能自在？也許對神木而

言，幾百年或幾千年前它是紅檜，它是扁柏，幾千年後，它還是紅檜，它還是扁柏。那些古聖賢的名字，如蟲聲起起落落。

在神木群路途中，竟然見到我心儀已久的馬告（山胡椒）和刺蔥（茱萸）。

馬告（Makao）是泰雅族語，意為綿延繁衍、充滿生機之意。它的種子綜集了薄荷、樟腦葉、檸檬、嫩薑等氣味，一棵馬告，彷彿一座山林。全株均具有辛辣的芳香氣味，可蒸餾出精油，供配製香精，用於食品及化妝品等，也可提供醫藥製品原料；排灣、魯凱、泰雅、賽夏等族人，作為食物防腐、去腥及增香調味，如滷豬肉牛肉、燉煮排骨湯、生木瓜雞湯、清蒸魚，甚至咖啡都加入馬告。

關於刺蔥的故事就更豐富了：刺蔥葉是美食，可以搭配各種料理，也許是因為它的長相，屈原就不喜歡它，將茱萸當成惡草，就如同李時珍在《本草綱目》中記載，茱萸的品質「辛辣蜇口慘腹，使人有殺毅黨然之狀」。

導覽的老師也提到刺蔥和繼母的關係。的確，台灣諺語裡有：「親娘打囝用芒鬆，後娘打囝用刺蔥」，芒鬆是用五節芒綁成一大綑，看起來碩大嚇人，但芒心是空的打起來並不痛，不管是做給別人看或管教都有嚇阻作用；繼母責打前妻小孩則用一根短短卻帶著刺的刺蔥，雖短小似無殺傷力，然全根帶刺的刺蔥一頓打下來準是皮綻血流。

據說古早年代，刺蔥是用在喪葬禮俗上「孝杖」，喪禮中棺木要送到墓地的這段路，死者的兒子或長孫要拿孝杖，有關孝杖的台語俗諺「男用竹公、女用刺蔥」，也就是亡者是男性時，孝子或孝孫拿的是竹子，若是女性亡者，要讓子孫拿在手上，體驗母親懷胎生產的椎心刺痛，喪禮結束後則將此孝杖豎立在墳前。

不管哪一種都不喜歡，責罰人不會是植物生長的本意，與其打人，不如拿來做成美食。

當然還有鳩之澤溫泉，這個被李昂讚嘆不已的溫泉，我因為貪睡而錯過，下次再來彌補缺憾，也再次去看太平山，去看翠峰湖，去看原始林和神奇的植被。

一趟太平山和棲蘭山之行，是一趟飽滿豐盈的生態之旅，是視覺與心靈至美的閱覽。我還會再來，再豐收湖與山林的綺麗。

秋天的 Pupusas 和 jocote

秋天最適合旅行，只沒想到是來薩爾瓦多。

秋天最適合嘗鮮，我在薩爾瓦多吃了 Pupusas 和 jocote。

越過那大片大片洪荒般的海洋和無人島嶼，清晨五點飛機進入薩爾瓦多的國土領域，雲端透著一層橙黃色彩，太陽還埋首在雲層裡，綠意盎然的山丘林地，和台灣極為相似。

從機場進入聖薩爾瓦多市，也許經過多年來的重建，已看不到西班牙殖民遺留下來的建築風格，週日清晨的市街，薄薄的陽光，行人和車潮都不多，顯得有些寂寥。轉折在街道與巷弄間，總想從緩步的行人中看出一些特色，不是膚色或體型。

就在那沒有人潮的巷弄轉角，一個婦人，一張矮桌，擺置了一疊疊如燒餅的食物。

碧櫻說那是 pupusas，就是玉米餅裡包餡，沒有包餡的是 tortillas；了解異國文化，最快最直接的方法就是飲食。才幾秒鐘，還未看清 pupusas 的樣貌，車子轉個彎，矮桌、婦人和 pupusas 都不見了。其實一點都不餓，心裡卻極想要司機停下車來，買它一疊薩國的平民主食，真真切切的貼近他們的生活。

午後，碧櫻帶我們認識聖薩爾瓦多市，路口等紅綠燈時，不時有人拿著一袋袋物品或水果向開車的人兜售，像極台灣街口的賣玉蘭花，只是物品種類多，我希望有人兜售 pupusas，雖然明知不可能買；中午廖大使的豐盛午餐，哪騰得出一點空腹，但莫名的是，pupusas 一直吸引著，也許只是單純的好奇，好奇它的樣子，好奇它的口味，還有，明明非常平實的食物，明明垂手可得，卻因為客人身分不敢開口，不敢伸手。因為不敢，特別渴望吧。

因為氣候因為地形，每個國家總有自己的特產水果，這些水果中有少數是連出口的機會都沒有。除了當地食物，到了異國最愛到市集採買當地的水果，嘗鮮，也是融入當地生活最快的方式。

來到市郊，路旁一排低矮木造棚屋，彷彿回到三十多年前台灣鄉下的菜市場，簡陋的架上擺著各種食物、水果、物品。看到市集總讓我特別雀躍，因為最鮮活的生命，最跳動的血脈在這裡，但是，基於安全考量，我們並沒有停下來。驚鴻一瞥，我卻注意到一堆堆如小番茄又像小土芭樂的果實，有橙紅也有綠色。

碧櫻說大概是當地的橘子吧，不好吃很酸的。她也才來這裡兩個多月，正努力融入這裡的生活。

在歐洲在日本都買過小橘子，我確定那不是小橘子，也不是小番茄或小土芭樂，應該是當地的水果，才會一堆一堆在市集販售。

在對 pupusas 的渴望之後，又加上這個不知名水果的懷想。我想未來的五天，我一定有機會嘗到 pupusas 及不知名的水果。

住宿的早餐廳有濃厚中南美洲風味，椰葉搭建尖塔式的開放棚屋，也彷彿來到泰國海邊涼棚。

一盤盤被蓋住的菜餚，看起來很豐富，大概是歐美式火腿、醃腸、沙拉、麵包之類的早餐吧。沒有太多的期望，有杯溫熱的咖啡和兩片烤得香酥抹上奶油的吐司，也足夠讓肚胃飽暖了。

掀開第一個鐵蓋，驚喜得讓我差點歡呼，正是pupusas！裡面的餡是cheese，還有用欄葉包成小長條形像粿的食物，也是玉米粉做的，以及鹹的紅豆泥，這都是薩國一般人民的主食。

來到薩爾瓦多的第一頓早餐，一份pupusas、一塊玉米粿、二湯匙鹹紅豆泥和酸得要命的鳳梨，淡如水的美式咖啡。

Pupusas餅皮不厚像薄烙餅，cheese的味道搶走了玉米香味，但軟Q的口感和餅皮極搭；玉米粿有著淡淡的王米和葉香，但稍嫌濕軟失去粿的咬勁；鹹的紅豆泥口感像極馬鈴薯泥，其實很好吃。

接下來的早餐大同小異，但都有紅豆泥與Pupusas（或tortillas），只是包的餡不同，我喜歡單純的tortillas，玉米粉桿的薄餅皮，輕淡的香味，帶點Q勁，有時就包上紅豆泥，綿細的豆泥、香氣和 tortillas 摻合，誰也不搶誰，又相互契合。

那一日去看 Cer Verde 火山，進入山區房舍愈來愈少，愈來愈簡陋，每經過屋舍，路邊多半擺著小長凳，放著一袋袋塑膠袋裝的水果，枯瘦的老人顧著。車子急速行過，有時衝出瘦小大約七、八歲的孩童，手提的也是塑膠袋裝的水果，向行駛的車子揚手兜售。那塑膠袋裡的水果正是我在市集看到那不知名的水果，日前偶爾在市街紅綠燈口也會有人兜售，因為擔心意外，不敢開車窗，不知名的水果我始終無緣相見。

我終於按捺不住向陪同我們的楊玉燕參事詢問。她說那是 jocote，籽很大，味道很特別，是薩國這裡的水果。

來回 Cer Verde 火山的路程，我都沒有機會從瘦小孩童或佝僂乾枯的老人的手上買下那一袋 jocote，楊參事說超市應該有賣，但沒有這裡的果實大，價錢也應該比較貴。一袋的 jocote 大概有十多顆吧，不知賣多少，而我也沒看到有任何的車子停下來購買。

終於，有半天空檔，我請碧櫻帶我們去超市，我要去買 jocote！

這家位於大型 shopping mall 的超市的確不小，各種生鮮肉類物品皆有，是這裡中上家庭才有能力採購的地方。我直奔蔬果區，最多是芒果、香蕉和番茄，也有日本蓮霧，比台灣的蓮霧瘦長，淡粉色。我終於看到 jocote，如圓狀聖女小番茄大小，一盒大約八、九個，二塊美金，沒有 Cer Verde 火山路邊的橙紅，多半是綠色。

深綠色的 Jocote 皮面和口感和鴨梨相似，味道酸略澀，橙紅色的 jocote 綿軟適中，酸甜味道獨特，籽核就占了三分之二，一口氣可以吃上六、七個；有人說像味道像芒果，但沒有芒果味濃郁，的確是好吃、特別的水果。

如果你問我秋天的美食記憶，不是處女蟳，不是海鮮魚肉，是在薩爾瓦多的 Pupusas 和 jocote。

黑名單之旅

至今我仍覺得慶幸，走那麼一趟，黑名單之旅。

一九八五年，夏末，我們將前去美國愛荷華州參加「國際寫作計畫」。臨行前日，與柏楊先生和張香華女士敘餐，討教一些相關事宜，他們一九八四年參加，也由於他們的推薦，我們得成行。柏老十分感慨的說：只有自己夠強壯，別人才奈你莫何。說的是他的遭遇和感觸吧！而後三、四個月間，我們遇見了由於政治因素而成了「莫可奈何」的一群黑名單人士。

其實，這次參加「國際寫作計畫」的是楊青矗與向陽，我跟著向陽同行。楊青矗剛因美麗島事件出獄未幾，身分敏感，向陽則因服務的媒體與本身的政治立場，也因為這樣的因素，尚未進行文學的行程，便先開始黑名單之旅。

第一站是日本，在拜訪完大阪的漢學家塚本照和教授後，整個東京行程像極了間諜電影。台灣同鄉會成員帶著我們遊走東京，不是觀光，是拜訪當時不受台灣政府歡迎的人士，行事低調，路程一改再改，因為，不希望有人跟蹤。

整個事件充滿了神祕以及一點諜對諜的味道；當時在筑波大學任教也是黑名單的張良澤教授說，去東京看一個人。我們剛從東京過來，來之前也見了不少人，還有誰沒見到，這麼神祕？超級黑名單——王育德教授家，因為二二八事件，以及因為撰寫《台灣——苦悶するその歷史》數十年不能返回台灣。

那是東京的一處住宅區，肅穆的日式住屋，安靜的巷弄，接近月中吧，一輪明月懸在屋角，瘦小的王教授領著我們，靜默的走著，彷彿巨人般的走向那輪明月。八月下旬，燥熱的夏日夜晚，心底是清涼的。是晚聊至深夜，從王教授殷切的詢問神情中，我真正體會到韋應物「君自故鄉來，應知故鄉事」那股急切的心情。

那趟日本行，記憶模糊，所有見過的人，去過的地方，多數彷彿失焦，唯有那輪明月，那條蜿蜒的巷弄至今歷歷在目。影像從進入巷子開始。那日，也許是農曆月中，拐入小巷迎面是一輪低掛在瓦屋頂橙黃的月亮，我們全肅靜的跟在王育德教授後。王育德教授二二八事件後流亡日本，是在日提倡台灣獨立運動的先驅，所有著作全列為禁書。楊青矗因美麗島事件甫出獄一年，正列入監看中，張良澤則是身列黑名單不得回台，向陽在一年前四月因主編的自立本土副刊登一篇林俊義教授的文章，被以「為匪宣傳」停刊一天及被約談，林俊義因此離開東海大學遠赴美國。這樣的一群人因緣際會走在日本東京的一條巷弄。

王育德教授腳程極快，轉了又轉，那輪圓月像老大哥始終掛在他頭上。一棟棟瓦屋的窗櫺透著昏黃的燈光，如有一雙雙的眼睛盯視著。暮夏的晚上我們走得一身汗，然而巷子卻是充滿寒慄的氣氛，楊青矗、張良澤幾次機警的回頭張望，我想他們是怕有人跟蹤。我是初生之犢，不識險惡，心裡還懊惱著這樣的一趟旅行。再抬頭，月亮似乎更逼迫在眼前，王教授的頭影正好嵌在月暈上。也許只有一、二十分鐘的行程，在彎繞如迷宮似的巷徑，彷彿走了好幾個小時。

終於甩掉那輪令人發毛的圓月，我們走入一棟瓦屋，王教授的居所。我們盤腿坐在閣樓的榻榻米上，一些零食、消夜點心，他們興致高昂的談論著台灣的時局、政情，以及日本台僑的情形。閣樓的窗櫺上月光在毛玻璃上如水墨般的暈染著，烘托室內沸沸揚揚的話題。聊至凌晨一、二點或者更晚些，我迷迷糊糊的據了一塊榻榻米睡著了。隔日醒來，餐桌上一長排小碟子著實嚇了我一跳，也見識到王夫人融合日本及台灣人好客多禮的習性；我們六、七人的早餐是稀飯加醬菜，每人五、六道菜，一一盛在小碟子上，一個小碟子盛一片海苔，一個小碗裝幾粒花生米，或者小盤子裝一小撮醃漬物等，長桌上數十個碟盤好像新兵操練般列隊等候著我們。

八月三十一日抵達美國愛荷華大學，淳樸美麗的大學小鎮，總算讓我有了旅居浪漫的感覺。十月初，好不容易拿到一疊九月份的《台灣公論報》。一條新聞震驚了我們：日本王育德教授九月九日因心肌梗塞過世。立即浮在我腦海裡的不是王教授的臉龐，是那輪明月，日式屋瓦上令人寒慄的圓月，小巷弄裡王教授的背影，以及一個圓不了的回家夢。日後，閱讀《台灣・苦悶的歷史》，總是想起在東京的某條巷徑內、一簇屋瓦上的明月，還有嵌在月暈上的頭影，一個三十多年至死回不得故鄉的學者。

我們應是王育德教授最後接見的故鄉人。我突然想起那輪明月，柔和的橙黃色，清淨的天空、鐵灰色的屋瓦，然而那份過於肅穆的氣氛，在異國的美麗的夜色，我依然嗅到來自故鄉整肅的味道。不知道，王教授最後一眼是否想看故鄉的月，是否有一絲的遺憾，有生之年未能踏上懸念的故鄉？眺望著的美麗的愛荷華河，一股恐懼湧上心頭；如果，從此再也不能回台灣？如果長年被禁足，眼前的景致是否還美麗？

十二月，回台灣沿途，還是邊旅行邊拜訪黑名單人士。在堪薩斯州，吳樹民先生安排參加在春泉市舉辦的「平原區台灣同鄉會夏令營」，數百人參加，楊青矗的美麗島事作始末演講十分轟動，向陽朗誦台語詩〈阿爸的飯包〉，許多人頻頻拭淚，我知道不一定是詩感人，是故鄉的聲音，是他們童年的生活影像。故鄉，在心底召喚。

給你一個回不去的家，是最仇恨的懲罰、最傷痛的酷刑。

幾乎每一場演講，都是在〈黃昏的故鄉〉歌聲中結束，這是一首當時台灣同鄉會的「國歌」，也是一首令黑名單人士痛徹心扉的歌聲。

輯二

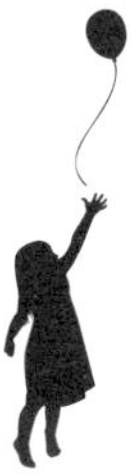

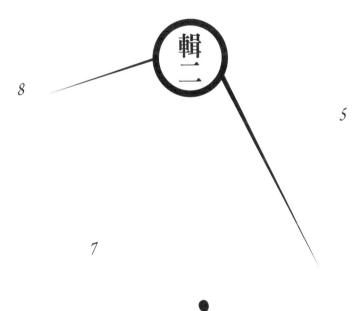

上學

一九九九年九月我重回學校讀書，刻意選擇我的故鄉花蓮的新建大學，這樣我可以週週回娘家。

從七點一刻起，父親看了幾次鐘。我慢條斯理的喝著粥。

「我開車比較慢，我們還是提早走吧。」終於，父親忍不住對我說。

「你讓她吃飽再走，急什麼？記得帶果汁。」母親遞給我裝好果汁的攜帶杯。

其實，從昨夜，父親就叮嚀過：明天，我送妳去上學，雖然，我開車比較慢。我擔心的不是父親開車的技術，是我能不能找到教室。

我們比預期提早十分鐘，我想，這夠我迷路或找教室。

和弟弟送我的路程不一樣，父親選擇小路，一條小時候我幾乎每天要走的路。但是，我找不到那條熟悉的小溪，當年，伯母和母親以及鄰居阿姆們洗衣的溪河。父親說，就在車輪子底下，現在是地下水溝。

時間如縮小器；小學時的桌椅像小人國，走廊變窄了，小時候穿的衣服，似洋娃娃衣服；當年的溪河，水位高時，我們還可以游泳，水流湍急時，我們當成吞噬人的急流險灘，現在只不過一輛車子的寬度。兩旁的房子有的是水泥洋房，有的仍是老舊的鐵皮屋，攙和了過去和現代，彆扭卻又帶著後現代式的協調。幾個老人在簷下走動，不知道忙些什麼。他們多半是我小學同學的父親或母親，漬梅似的臉龐依稀可辨認。

行過棋子般排列的住宅區，一望無際的田園在眼前展開。

日治時代規劃成直長二公里，橫跨三公里的幅圍，各闢一條小徑，從慶豐到南華，四個村落似一方大棋盤。有的小徑已擴大，舊的小徑只夠一輛汽車和機車交會。筆直的小徑往前望去空盪盪，未散的晨霧，像仍在酣眠的紗帳罩在路的盡頭。以往多樣性種植的田園，現今卻是一大片一大片相同的菜蔬，整大塊的田卻只有兩三種蔬菜。原本層層疊疊的梯田，幾乎全規劃整理成平坦的一大塊田地。父親解釋，現在不作興什麼都種植。他指著眼前的龍鬚菜，和遠處的芋頭田說：咱福興村種香瓜仔鬚（龍鬚菜）比較多，南華村的人較愛種芋仔。單一作物的種植節省人工耗費，平坦的農田方便機器耕作，在幾乎只有老人的農村，省工才合經濟效益。

好不容易看到一片稻田，勾著頭金黃色的稻穗，等待著收刈；機械化的收割，無須曬穀，也用不到風鼓，不必家家商借人力，輪流刈稻，更不用擔心雨日穀子發霉。父親解釋著，機器割下的稻穀，直接裝袋運送到農會的穀倉。難怪每家屋前的稻埕，全都擴建成屋舍。

左前方一棟洋房旁堆疊了一座小山丘般的廢汽車，在綠色的田園像顆大黑腫瘤。「彼間就是你姨丈的第四（四弟）的厝，做廢汽車和廢鐵。」父親像導遊一邊開車一邊說著窗外的景致。我當然還記得這裡是姨丈大家族的田地，小時候路過還得一一朝正在田裡工作的人叫著：阿嬸、阿伯。不過走到裡，我知道就快到「牧場的田」了。以前南華村叫「牧場」，父親在南華買的田，我們就叫「牧場的田」。父親買這塊田地時我還未讀小學，我唸高中時，父親因為轉業從事大理石加工，沒時間耕作賣掉了。

這麼多年來，我和弟弟一直很懷念那塊田地，我們快樂的童年，有一半是那兒度過的。其實，小時候到田裡幫忙，事實上不是那麼愉快，常常我和弟很懊惱的走在路上，踢著石頭，心底咒罵著，為著一個不能遊戲的白天或下午。回憶像個篩籃，留下的竟然都是在田埂或樹下追逐玩樂的情形，那份萬般不情願幫忙工作的心情，篩轉而遙遠的懷念。

右轉到一條大馬路，我正奇怪「牧場的田」哪裡去了？左右張望全然陌生。

父親大概看出我的狐疑，指著正進行中的大馬路說：這就是以前

「牧場的田」彼條路，幾年前，外環道路拓寬，接中央路，可以到市區。

像發了跡或過度增胖的昔日玩伴，我費勁地端詳著。攤開腦子裡泛黃的老地圖，我一一尋索足印；入口處旁小小的蓄水池被填平了；蓄水池最早是裝水肥，後來大概嫌髒臭，父親改成水池，以備天旱時灌溉用。不太缺水的氣候，那口蓄水池一直荒棄不用，終年只裝雨水，成了幾隻肥田雞舒服的家，我們經常趴在池沿和田雞對叫。沒有那口蓄水池，好像少了一扇窗，失去窺探童年的樂趣。不只是蓄水池，原本高低落差極大的梯田，經過整地一片平坦，當年和弟弟玩躲迷藏的屏障全都被剷平。田邊緊靠花東縱貫線的溪河，截彎取直，也都成了地下水溝。

我問父親記不記得田邊有山埔鹽仔（羅膚鹽木）？父親開心的說：憨人才會去吃。我和弟弟嘴饞時，摘了羅膚鹽木上的果子，舔著果子上自然長成的鹽巴，有時採了路旁菝契的酸澀果子配著吃。父親不解，田裡有番茄、黃瓜，怎樣都比菝契或山埔鹽仔好吃，經常笑罵著我們：憨人才會去吃。

田裡能吃的不只是番茄和黃瓜，還有父親「實驗」的香瓜。在還不時興栽種水果當經濟作物時，父親已嘗試種過芭樂、楊桃，香瓜也是父親搶在其他農民之前種植的。香瓜結果剛成熟之際，父親帶著我在田裡一顆顆的試吃。父親用力剝開香瓜，分一小半給我，問我甜不甜？我像極了專業的評鑑者，盡力捧場。

田地沒變，種植的菜蔬也沒有太多的更迭，棋盤式的小徑只不過稍稍拓寬，我卻陌生得如同旅行在異國；空盪的田野沒有人耕作，沒有晨日的招呼聲，田間小徑沒有荷鋤的農夫，沒有老牛負車形跡，當然也沒有一群心不甘情不願的小孩悶悶的走在路上。

偶爾呼嘯而過的汽車，提醒我疾駛而去的三十年。一場缺席三十年的田作，父親用車輪緩緩的放映；樣貌依稀可識，只是，變了，怎樣也尋不回熟識的身影。

轉個彎駛進花東縱貫線，進入南華村內。拓寬、筆直的大馬路，新興的村落，冷清的道路，彷彿憨厚的老農，穿著一襲嶄新、漿燙得筆挺的衣衫。

一部部車子加速前行，父親握緊方向盤，略略坐直身子。手背上的老人斑在光影下游動著。父親七十歲了，老人斑賊似的早已偷偷的游進他的手背、臉頰。父親送我上學，一如三十多年前。重回校園，意料之外，父親卻視為理所當然，彷彿回到小學，父親送我上學，母親喊我起床吃早餐。

舊的南華國小整個廢棄了，傾頹朽毀的教室蒙著晨霧，破敗、荒涼；新的校舍就矗立在隔壁，彷彿棄婦與新婦強烈的對照。據說，我的母校吉安國小也改建了幾次，現在是全新的校舍。母親、舅舅、我、弟弟和姪女都是這所小學畢業；母親和我有共同的老師，我和姪女也有相同的老師，這樣一串的銜接是五十多年的歲月，我的家族的成長。

過了南華，往木瓜溪的路上，沒有村落，少了行人的顧忌，幾乎所有的車子飛馳而過，一部部全超越了父親的車子。父親臉上的肌肉明顯的緊繃，車速仍在五十公里。

木瓜溪沒有木瓜樹，溪埔蘆葦、芒草漫漫，白色花蒿抖落薄薄的陽光，掉在礫石上閃閃發光。以前擁有農地不易，含沙量高的木瓜溪河埔，在乾旱季，常有農人種植西瓜，或短期的蔬菜，但一遇早來的颱風，兩三個月來的辛苦全隨風雨流逝。若搶在颱風前採收的西瓜，則特別鬆沙又清甜，可以賣得好價錢。

行過木瓜溪橋，父親淡淡的說著：這裡聽說有超速照相，按規定比較好。我瞄了一下車速表，仍在五十公里。我想起姪女學阿公開車的樣子：全神貫注，對於不斷從後面超越的車子，偶爾小小聲的唸著：伊娘咧。我故做輕鬆對父親說，時間不趕，不用開得快。

花東縱貫線犁似的在山海間擘開，右方是中央山脈，左邊是太平洋的海埔地，景致有些類似夏威夷的一些小島，海洋島嶼的風味；間靜的山脈，在晨霧中顯得慵懶，急駛而過的車潮，似乎也無法扞格她的靜謐。

年少急於離家，嚮往大都會熱鬧繁華，無視於純樸的山林絕世美景。中年返鄉，最大的收穫竟然是兒時的生活步調和景致。

啊，過頭了。看到志學車站閃過，我才發現該左轉的。父親在迴轉處掉車回來，右轉進志學這個小村。

前幾次是弟弟接送，當記者的他十分熟悉整個花蓮的環境，即使是這所全東南亞校區最大的大學，他也能清楚的送我到文學院。我忘了父親，只熟悉接送姪女上下學的路線，以及火車站、機場。這是他第一次來到這所大學。

我問父親，志學以前是不是叫溪口。我想起阿公有個結拜兄弟就住在溪口，那個喜歡常來做客的伯公。父親說，溪口是壽豐再過去，這裡日治時代叫賀田，是甘蔗和木材的集散地，聚集很多工人，閒時群集賭博，所以是有名的賭堀，十分熱鬧。光復後，逐漸沒落。六、七年前蓋了大學，原本幾近荒涼的小村落，依賴數千位的學生，活了起來。窄小的巷路兩旁全都因這所大學而開設了小餐館和冷飲店。

進了校園，我開始指揮父親如何走。其實，之前都是弟弟接送，過於放心，我從未好好的認路，要在這所一望無際的校園辨識文學院的方向，我全無把握。偌大的校園，只有兩三班的學生正準備上體育課，整個校區好似只有二、三百個學生，和台北的大學校園內，學生摩肩擦踵的情況，十分迥異。好幾座的籃場連成一長排，讓父親羨慕起這裡的學生打球不用搶球場。突然父親問我，班上有幾個學生？我說，五個。「五個？怎麼上課？」我說今天上課更少只有三個。父親大概覺得一班只有五個學生，就像那排籃球場一樣，浪費了。

啊！過了拱橋才發現又迷路了；依稀記得是從拱橋過去才是文學院。這下是父親笑了起來，他安慰我走走看，錯了再說。果真，一路走到盡頭芒草林，才知道又走過頭了。這時，父親看了一下車上的鐘，八點十二分，他擔心的問我遲到了，老師會不會罵？我趕緊說：不會

志學車站
志學站

不會。

等我們找到文學院，時間八點十七分。遲到了七分鐘，我臨下車，父親再度不安的問我：遲到了，老師會罵否？我向他揮揮手：不會啦，開車慢一點！

與童年對唱

一直以為母親有一段哀怨淒涼的戀情，我想，在某個廚櫃的角落，藏著那一個不為人知的祕密。

母親喜歡唱歌，一曲接過一曲，在吃過晚飯後，一切收拾妥當，歌聲便從臥房裡飄出來。母親的歌聲極柔美，哀怨處如泣如訴，我總會進房裡看看母親是否哭了，母親笑笑的看我一眼繼續哀唱。我想起收音機裡的歌仔戲，號天哭地的苦旦，她們一定也沒哭。母親不是唱歌仔戲，她唱的是台語及國語流行歌曲，每一首歌都像快哭出來。我懷疑母親和歌仔戲裡的苦旦一樣有苦情，只是，我如何偵探出？從那一刻起，我希望快快長大，因為九歲實在是一個無能為力的年紀。

我沒有探出母親的苦情，竟然跟著她有一搭沒一搭的學唱歌。初始，母親形容我的歌聲是「牛聲馬喉」；我長得像父親，讓母親有些失望這個獨生女沒能遺傳到她白淨的皮膚，現在連歌喉也沒承傳到。為了不辱她的聲名，母親先教我認識簡譜，也就是最簡單的C大調1 2 3 4 5（ㄉㄛ、ㄖㄨㄟ、ㄇㄧ、ㄈㄚ、ㄙㄡ），練了好久，我還是五音不全，母親終於放棄，直接教我看著歌本唱歌。首先是台語歌；兩本厚厚的歌本，母親說，先唱簡單的〈農村曲〉，一首節奏輕快的、形容農村辛苦的生活，歌詞憂苦，曲調輕快，讓我覺得是一個面帶憂愁的農夫，卻蹦蹦跳跳、高高興興去唱歌，我還是希望唱哀愁的歌

或者，哀怨的台語歌詞都與情愛有關，對一個十歲的小孩的確不太適合，母親老是挑那些歌詞比較「乾淨」的，但是這樣的歌多半不會纏綿悱惻，我是興趣缺缺。聽了幾年母親唱歌，多少還是能哼幾句，我有事沒事就唱幾句，只要不太離譜，母親就睜一隻眼閉一隻眼，只是有太多首歌的歌詞真的對兒童不宜，例如〈為了十萬塊〉，形容一位煙花女子的故事，另外一首也絕對禁唱的是〈青春悲喜曲〉，歌詞

的大意是一位護士和某位男士發生關係「珠胎暗結」，女主角在悲嘆她往後的人生不知是悲或喜。這種未婚懷孕的歌詞，母親認為即將踏入青春期的我，絕對不能唱。有太多的台語歌都是女性被拋棄，或煙花女子的情恨（例如〈南都夜曲〉），都不適合我唱的歌，我又偏愛唱，母親十分的困擾。

防止我唱歌似乎不可能，母親變則通，教我唱別人聽不懂的。五、六〇年代鄉下仍有很多人聽不懂國語，所以母親認為讓我唱國語歌，歌詞再怎麼不適宜，反正鄰居也聽不懂。於是，我轉而每天哼著〈意難忘〉、〈懷念〉、〈寒雨曲〉、〈重相逢〉、〈未識綺羅香〉等。這幾首歌都非常淒美、纏綿，很符合我的喜愛，我極盡哀怨的唱法，讓父親每次聽我唱歌總是搖頭，一是歌喉實在和母親不能比，再則是，我過度哀悽的唱法，十足像唱歌仔戲。

愛唱歌是遺傳自母親，部分歌喉卻是來自父親，所謂部分是比父親完全不能開口唱要好一些。勤能補拙，我每日唱，把一首歌唱到能背，連簡譜都背起來為止。台語歌還是唱，母親禁止的歌則是偷偷的唱。其實，不只我有「禁歌」，大人也有禁歌，台語、國語歌都有，台語太過悽惻或靡靡之音，如〈悲情城市〉。另外提到「月亮紅」的也是禁歌，因為像共產黨、日本國旗。國語歌中也不能有提到「紅色」，紅色就是赤色就是共匪的顏色，當然太過糜爛的如國語版的〈苦酒滿杯〉有鼓勵喝酒，也都列入禁歌。母親會告訴我，有些歌是禁歌不能唱，台語歌是絕對不能在學校唱，說台語是要被處罰或罰錢的，唱的當然也不行。不過天高皇帝遠，母親在房間內還是唱〈苦酒滿杯〉台語版，她說在房間內唱總統是聽不到的。

讀國中時，我竟然是合唱團，跌破全家的眼鏡，父親說老師的耳朵的有問題，母親說是她教得好，頗有化腐朽為神奇的驕傲。我是唱第三部，弟弟歌聲極好，他懷疑我是因為成績好不是歌喉好，而且是合唱團，嘴巴跟著動一動就好。我完全不理會家人的揶揄，每天一早練歌喉、吊嗓子，還要母親泡冰糖水給我潤喉。或者是「啊啊啊」的練唱，非常不悅耳，母親要我到房旁的水溝岸練嗓子，才不會吵到鄰居。是我沒有自知之明，或真的有遺傳到母親的歌喉，我始終覺得自己的歌聲不壞。

雖然喜歡靡靡之音，但合唱〈獵人之歌〉，我還是唱得很愉快、很投入。那一次，我們得了全縣國中組第二名，是本校第一次獲獎，還打敗了市區有名的明星學校。雖然，我很想歸功於自己，家人卻一致認為完全與我無關，弟弟甚至玩笑的說，沒有我參加，也許就是第一名。

參加合唱團只有一年，接下來是國三忙著升學。參加合唱團那年，為了不影響音質，不敢唱流行歌。國三抒解壓力，最好的方式當然是唱歌，那時正流行〈往事只能回味〉，幾乎每人都能朗朗上口，我一天非得唱上十數遍，又為了凸顯比其他人更有氣質，我們一群人猛學英文歌，〈以吻封緘〉、〈老鷹之歌〉等當時在大學生流行的英文歌，我們都想盡辦法學唱，大剌剌的跟母親要錢買唱片，理由是學英語。也許唱多了英文流行歌，聯考的英文成績險些比國文高。

高中唸的是女校，書未必讀得好，歌卻是照唱。金曲小姐洪小喬剛出來，她的每一首歌都是我們的最愛，國語流行歌也愛唱，下課時間總有同學哼著〈夜空〉、〈含淚的微笑〉，至於台語歌沒人敢唱，不是怕被罰錢，是怕被人笑沒氣質。讀大學時，民歌方興未艾，〈鄉愁四韻〉、〈蓮的聯想〉等聽到錄音帶磨損，只差沒逼著自己去學吉他參加民歌比賽。

婚後，有了女兒每天只唱兒歌，完全不知流行歌是什麼！然後，再過幾年，像瘖啞的鳥，連開口都不敢，錯過了卡拉ＯＫ的流行，直接到ＫＴＶ的盛行，我努力學唱歌，免得大家唱得盡興，自己卻像純聽眾。一回生兩回熟，終於成了同事口中ＫＴＶ裡的皇太后；也許是太久沒唱歌跟不上時代，現今流行的歌雖然一天到晚聽女兒反覆的播放，卻始終進不了腦波裡，反而是台語老歌從記憶底層翻湧而出，在ＫＴＶ裡我堅持只唱台語老歌，一枝獨秀，成了年輕同事口中的皇太后，每當唱起〈悲情城市〉、〈霧夜的燈塔〉、〈媽媽是歌星〉這些悽美的老歌，同事都笑我是被拋棄過數百次的女人。

我唱的台語老歌再怎麼哀悽，也比不上戒嚴時期我在國外聽台灣鄉親們唱〈黃昏的故鄉〉、〈媽媽請你也保重〉，不管什麼人唱，聽了都會令人落淚。

女兒幾乎每星期都會買進新的ＣＤ，從王菲、林曉培、那英到紀曉君，其實歌聲都不錯，卻無法搖動我的心，秀蘭瑪雅、齊秦以搖滾樂的方式翻唱台語老歌，喜歡聽，也還是觸摸不到內心深處的「鄉愁」，唯有蔡琴的〈漂浪之女〉哀怨和滄桑的音質，幾乎貼近對台語老歌的懷念。

我唸大學時，母親就常感嘆現在的流行歌越來越難聽，不痛不癢，不知在唱啥？現在我終於能體會母親的心情。現今，母親還有江蕙、黃乙玲、詹雅雯的歌可以欣賞，我卻像在大沙河中淘金，始終尋覓不著自己喜歡的歌，在ＫＴＶ只好繼續在台語老歌中與童年對唱。

回溯崇拜

老歌可以溯回母親的年代，尋味童年；在一首首台語老歌，認識台灣、認同土地、族群和語言。母親教我的不只是一首歌，母親教我認識一頁台灣的歷史。如果，這是回溯崇拜，我回溯的是母親的人生、族群的感情、台灣的歷史。

彷彿有個久遠久遠、莫名的聲音在召喚，一種難以解釋的驅策力。據說，這叫回溯崇拜。

母親喜歡唱歌，她說是遺傳，遺傳自外婆。母親的好歌喉遺傳給兩個弟弟；全家五人唱歌比賽，母親永遠第一名，兩個弟弟爭第二名，我只贏父親，因為父親很少能唱完一首歌，後來家裡買了卡拉OK伴唱機，父母親幾乎日日練唱，還四處和朋友交流。父親說現在他排第四緊追第三。

我不只是外貌，連個性、才藝都遺傳自父親，從小到大，姑姑常惋惜我沒有遺傳到母親的任何的一項優點。

感情是否會遺傳？或者，真的只是一種回溯崇拜？人到中年，開始往童年的路徑走回去，從味覺到聽覺，走回母親的中年時代，回溯自己的童年，逐漸喜歡「媽媽的味道」、「媽媽的歌」。

童年時，我沒有兒歌，我的兒歌就是「媽媽的歌」。「媽媽的歌」就是現在的台語老歌，一半是日本歌翻唱，以及藉戀情方式表達來暗示台灣當年的社會各種面貌，這些歌最共同的特色就是：哀怨、悲悽。

母親從未想過傳給我任何一首歌，就像她沒想過把廚藝傳給我一樣；對於一個沒有遺傳到她才貌的女兒，想必有些遺憾。加上「媽媽的歌」絕大多數閨怨悲慘，應該是「兒童不宜」，因此，母親從未想過教我唱這些不適孩童的歌吧。

母親唱歌時是活在自己的世界，那個世界是她想望，或者，是她原本該得的。母親唱歌時的心情世界是任誰也進不了。晚膳後，收妥雜事，漱洗後的母親斜倚在床上，似乎所有的情緒都在沐浴時已醞釀足夠，一開口便哀哀戚戚的哼唱起來。這時父親在庭院和伯父閒聊，我和弟弟在榻榻米的小桌上努力結束功課。我們都知道這時不能去打擾母親，若幾次打斷母親的歌唱心情是會被遷怒遭殃的。

其實，聽母親的歌不過幾年時間而已。從有記憶的五、六歲到小學畢業，六、七年的時間，卻在心底盤旋了二、三十年；二、三十年來，母親的歌像一隻冬眠的蟬，偶爾翻身探尋初夏的陽光，有時在心裡千轉百迴的低吟，但總抵不住無知的崇洋和虛榮感。整個國高中，我哼著不成調的西洋歌曲，刻意掩蓋母親柔美哀怨的歌聲；我的歌聲如同我的叛逆，和母親對峙，那也是我和母親關係最惡劣的時期。

母親的歌開始纏繞在心底是大學時期，卻也是最排斥的階段；民歌、西洋歌曲、西片、存在主義充塞著大學生活的全部，當窄仄的巷弄竄出如泣如訴哀怨至極的台語老歌，彷彿與寒酸落魄的孩童舊識異地相逢，認或不認？認或不認，母親的歌霎時已根植在心裡，如一隻冬眠的蟬。

埋首在婚姻和工作的十年，我更像一隻冬眠的蟬，不知如何嘶唱。從卡拉ＯＫ興起到許多家庭都備有ＫＴＶ時，我仍像隻喑啞的蟬，開不了口，也不知全民唱歌究竟是怎麼回事。第一次進ＫＴＶ的包廂，我像劉姥姥進大觀園，同事點著最新流行的歌曲，有台語有國語也有日語，我怯怯的翻閱歌本，陌生得像是面對一群路人。在列隊前進的路人中，終於在台語歌曲中看到一張張滿是皺紋的臉孔，那是母親的歌。我小心翼翼的端詳著，彷彿要驗明正身。冬眠的蟬揉著惺忪睡眼，扯著嘶啞的喉嚨，顫抖的唱著童年的歌、母親的歌。

在ＫＴＶ的包廂，我也努力學著偶像歌手只須扯開喉嚨的流行歌曲，學著ＫＴＶ的「國歌」，朗朗上口的哼唱著ＫＴＶ排行榜上的歌曲，卻像一枚枚鬆脫的螺絲釘，無法緊密的扣著心情，像過水沒有調味的青菜，無滋無味，而母親的歌如磁鐵般吸附著我。

與其說我開始學著母親的歌，反芻可能來得更貼切。蟄伏在心底二十多年的歌如汩汩岩漿，在丹田、在胸口、在喉頭一再湧現反芻，直到熟稔浸入筋肉脾臟。

回家和母親唱卡拉ＯＫ，母親沒並有稱讚我歌藝的進步，倒是很驚訝我對台語歌的熟稔，尤其是歌詞我可以精確的哼出，甚至她完全不熟悉的歌，我也可以隨著音樂哼唱幾句，彷彿是我年代的歌。從〈桃花泣血〉唱到〈飄浪之女〉，邊和母親唱和著，邊和父親討論那個年代的背景，父親不時補充我所不知歌曲背後的故事，部分真實，部分口傳的想像。

其實，母親並未教我任何一首歌，卻曾認真教我簡譜，從標示１２３４５的數字中，我可以哼出Ｃ大調的「多瑞咪發索」，正確的唱著曲調。只是，母親不知道我也曾翻閱她床頭的歌譜，偷偷的學唱，學會唸唱雅俗兼具的台語歌詞。

父親喜歡聽母親唱歌，把母親喜歡唱的歌名和點歌號碼謄在一頁紙上，方便母親點唱，幾十年來，忠心扮演著母親的歌迷。然而，望著一頁頁按部首排列的台語歌，我卻無法偏心的羅列出最喜歡的歌曲；每一首歌都隱藏著時代的小故事，都是不能忽視的野史。和母親不一樣的是，我對台語歌的喜好，是從歌詞來決定，先看歌詞喜不喜歡，再決定要不要學或唱這首歌。台語老歌以三段的歌詞，完整的描述一則愛情故事，一則人生的悲歡離合，或是，一幕政治的嘲諷劇。

從童年遷移花蓮到少婦，母親的人生並沒有太大的改變，台灣的社會也始終緩慢地在窮困中行進，悲苦是基調。從三〇年到七〇年代歌謠彷彿浸泡在灰黯的苦汁，愛情、親情、人生，幾乎沒有一項是值得愉悅的歌誦；愛情受到阻撓，不是殉情就是遠走他鄉；親情薄如紙，女兒被家人推入火坑，或者因為戰爭妻離子散；人生一籌莫展，四處飄浪……等等，都是他們生活和感情的經驗。台語老歌是父母親的歌，是他們的認同，即使過了半世紀，還是在他們之間傳唱著……。

每一首台語老歌的背後，都是一則極短篇，都是一齣舞台劇；我一頁頁研讀著台語歌謠的介紹，宛似目睹先人的悲喜劇，從民生疾苦、兒女情愛、親情的流散，以至國家政治黑暗，都借喻情歌譏諷抒發。然而，台灣是海島國家，現今流行的歌曲幾乎看不到與海洋有關的描述，台語老歌則十分貼切表述海洋台灣，港口的離別、行船者的心聲、討海人的生活，在在彰顯海洋島嶼的特色，人與海洋的關係。我也終於明瞭我迷戀母親的歌，事實上是尋回失憶的歷史，那段曾被刻意消抹的記憶。

從老歌溯回母親的年代，尋味童年；在一首首台語老歌，認識台灣、認同土地、族群和語言。母親教我的不只是一首歌，母親教我認識一頁台灣的歷史。如果，這是回溯崇拜，我回溯的是母親的人生、族群的感情、台灣的歷史。

衣櫃裡的祕密

會呼吸的屏風

我在覓尋一座有心跳，會呼吸的衣櫃。

那一座衣櫃像個心臟一直擺在母親的房間，幾十年來，我仍舊聽到咚咚的心跳聲。

母親結婚時沒有什麼嫁妝，所有的妝奩就只是一座衣櫃和縫紉機。這和愛美的母親有關係；在非常窮困的情況下，母親仍堅持這兩項妝奩。在十分窄小的閣樓內，縫紉機和衣櫃占去了房間的三分之一。最初的記憶，那座衣櫃是個龐大、神祕的怪物；衣櫃的兩扇門是不上鎖，但母親不許我們打開。兩扇門的底下是三排抽屜，放著父親、我和弟弟的衣服，母親的衣服掛在兩扇門裡。

閣樓的小房間再也塞不進我們一家五口，終於搬到樓下的大和室，爸媽睡另一個房間，衣櫃放在和室。和室也是我和弟弟做功課的地方，終於可以在大白天待在房間裡，可以仔細端詳衣櫃的樣貌；衣櫃的材質是梨花木，高約一百六十公分，寬大概是一百二十公分。兩扇門的門面以水綠色的百褶布當裝飾，再嵌玻璃，水綠色的百褶布如一件宴會的舞衣放在展示櫃，也像兩扇的屏風；水綠色是誘惑的顏色，屏風，讓人有偷窺的欲望；在水綠色的屏風裡面藏著一個呼喚著我的聲音：打開吧！每次靠近「屏風」，隱約聽到咚咚的心跳聲，和微微的呼吸。

那是個寂靜的午後。我站在衣櫃前面，心跳的聲音迴盪著，撩撥著我的心；打開它吧！輕觸著冰涼的玻璃面，一股熱氣在指尖游動。打開它吧！幾乎是哀求的聲調。轟然爆炸似的開啟衣櫃的兩扇門，衣櫃裡的確藏著一個人，在鏡子裡，我看到自己驚嚇的臉孔。木脂和樟腦丸的氣味逃竄似的流瀉出來，兩件大衣和幾套洋裝，以及父親的一套西裝。我知道那件咖啡色毛質的大衣，是母親花掉大約公務員一個月的薪水。愛美的母親購置衣服十分捨得，雖然一年到頭在田裡工作，穿上這些衣服的次數少之又少，但是，每當到了晚上，母親打開衣櫃，一件件瀏覽欣賞著，有時，穿在身上，在鏡子前仔細端詳，如穿上舞衣的灰姑娘，只有極短暫的炫麗。在母親掩上櫃子的門前，我的眼光特別留戀著一只米色的皮包，那個母親從來不讓我們看的皮包。

急促的呼吸聲從米色的皮包內翻騰，呼喚我的聲音在裡面！

一串如剛收割的穀粒，閃著金黃的光澤，這是母親最鍾愛的項鍊，幾枚戎指之外就是那一疊紅紙。三張紅紙是母親的祕密，也是關係著我和弟弟的一生，貴重不亞於金飾，都是皮包內的貴重物。我打開其中屬於我的一張。命狀，讀小學五年，我懂得這是一張算命的紙；百日關、千日關，在我出生三個多月和三年時讓我大病一場險些喪命的劫難；母親翻了命狀，搖頭說，是命躲不過。

文昌、驛馬、偏財……一些我有看沒懂的字。弟弟的命狀上有水關、正財；小弟四歲時貪玩差點沒頂在水缸，至於，正財，我想大概和錢有關吧。

母親為了防止我偷看我的未來，鎖上衣櫃。識字越多越想了解紅紙上墨字的內容。命狀，如一枚強壯的心臟，繼續在衣櫃裡咚咚的跳著，仍不時有個聲音呼喚著我。直到上了大學，母親大方的讓我研究我的命狀，衣櫃成了古董，仍藏著母親的珍貴首飾和值得紀念的東西。

結婚多年來，由一座到數座衣櫃，始終覺得有欠缺，缺的當然是永遠少一件的衣服，最大的缺憾是沒有一座衣櫃有心跳聲。剛結婚第二個月所有金飾被竊，父親安慰從不戴首飾的我：就當作是石頭。或許，只添衣服，不添首飾，不算命，衣櫃始終發不出咚咚的心跳聲。

再多座的衣櫃，卻永遠比不上母親的衣櫃豐富；再多，再華麗的衣服也抵不上母親的那一件咖啡色毛質大衣；也從未享受過當灰姑娘的樂趣。我想，我缺少一座有屏風，有心跳，會呼吸的衣櫃。

百日關

終於解開了母親衣櫃裡的祕密，我的百日關。

阿公家的客廳牆上有一幀大相框，相框內貼了伯父、父親和叔叔當兵的照片，以及堂哥、堂弟、大弟和小弟出生四個月沒有穿衣服的嬰兒照。

我不知道幾歲開始注意這幀大相框，我更在意的是為什麼沒有我？我快要讀小學時，連才出生不到半年的小堂弟都貼上光著身子的照片了，我的四月像呢？我以為阿公阿嬤重男輕女（雖然我是家族第一個孫女，那時，也是唯一的孫女。），還有女生不能光著身子拍照。

九歲那年，堂妹出生，家族第二個孫女，四個月後堂妹的照片也貼上牆上的相框，是穿了日式的小女嬰和服。

「為什麼我沒有四月像？」我終於忍不住問母親。

「妳四個月時病得像隻猴子，皮包骨所以沒去照相。」母親還說明為什麼是四月像，因為過了四個月才能確定不會夭折，嬰兒也長肉，拍照比較好看。

「為什麼我會像隻猴子？」雖然瘦可沒同學叫我猴子。

「因為妳有百日關啊。」母親一向很忙，總是簡潔的回答我的問題。

「什麼是百日關？」我鍥而不捨再追問。

「就是妳出世一百日那天，不能出門，叔公抱妳出門就發高燒，病了很久。」

「為什麼我有百日關？」我又追問。

「無閒啦，去問妳爸爸啦！」母親不耐我一直追問。

後來，父親告訴我，阿公的朋友會算命，從堂哥開始，家族裡新生的嬰兒都會讓他批一張命狀。父親說，我的命狀上有百日關和千日關。在我出生一百天一早，疼我的叔公抱著我出門遛達，好讓母親可以專心工作。據說才出門不到一個小時，一向安靜不哭鬧的我，不斷哭啼，叔公抱我回家才發現我高燒著。一病就是一年多，瘦得像猴子，所以一直沒有拍四個月的相片。

原來，百日關和千日關就是出生一百天和一千天，那日不能出門，要關禁在家。所以我出生一千天（真難為要精確記住一千日），禁足在家，連大門都不能出去。

一直以為我人生的第一張獨照是在讀小學後；因為有百日關千日關的因素，讀小學前，我長得像猴子，所以父親沒讓我拍獨照。（家族每年都有合照，人太多照片太小，完全看不出我長什麼樣子。）

有印象我人生的第一張獨照是剛讀小學一年級的過年，站在門前的稻埕穿著長褲、外套還有襪子，卻穿著木屐，手上剝著椪柑，一臉討厭照相很欠扁的樣子。照片看來真的很瘦，但不像猴子。

幾年前，大舅不知怎麼翻出一張舊照片，拿給大弟，大弟掃描傳給我。我目瞪口呆了好久，那是我兩歲半和四個月的大弟合照。

原來，我是有拍四月像的，只是遲了兩年一個月。母親說她都忘了有這張照片；四個月的大弟照例要去相館拍四月像，那時兩歲半的我據說已健康了半年多，也長肉了，父親認為可以一起拍。大弟依慣例先拍沒有穿衣服的照片，再穿上母親做的日式嬰兒服，我也穿上母親特地為我裁製的小洋裝。於是寄了一張我和大弟的特寫合照給遠在苗栗的外婆。父親也留一張，不知為什麼不見了，於是就忘了有這樣一張照片。

「我兩歲多不像猴子啊。」我拿著照片問母親。

「是啊，白拋拋樣皮樣皮，像我囝仔時陣。」（長得白胖，跟我幼兒時一樣）母親完全忘了說我長得像猴子。

迷宮的芭樂園

夢是晝日的意識，或是深層記憶？

芭樂田像座迷宮，我不斷穿梭尋找，撥開層層疊疊的葉片，枝椏中掛著一串沾著水珠的果實，我挑著霧白果實狠狠摘下，深怕慢一步被掠取。幾個熟軟的芭樂，濃郁的果香漫散在晨霧中。像個貪心的尋寶者，我一個又一個的摘下，毫無饜足感。

日照愈來愈熾烈，芭樂園一棵一棵的消融不見，環抱在手的芭樂如水化了。

總是在搶摘芭樂的夢境中醒來；對芭樂並沒有特別的貪愛，卻屢屢在夢裡索尋芭樂，是摘取的樂趣，還是對田野的眷戀？

童年家裡有一大片田地，父親種菜種稻也種水果，水果有芭樂和番茄（我一向認定番茄是水果，儘管它是極佳菜餚。）。我愛水果甚於蔬菜（那個年代蔬菜是必須品，水果是奢侈品，大半的水果是可望不可及。），雖然外婆的宅園四季有多種水果，我仍經常央求父親栽植蘋果或櫻桃，因為蘋果或櫻桃園聽起來絕對比芭樂園要浪漫多了，何況蘋果或櫻桃口味也一定比芭樂可口多了。主要是那時蘋果或櫻桃能吃的機會實在不多，尤其是櫻桃。會有蘋果或櫻桃的念頭，是來自課本；牛頓在蘋果樹下悟出地心引力，華盛頓砍櫻桃樹成就了歷史上誠實的美名。這兩種如此偉大的果樹怎可以不栽種？

父親完全不理會我的央求，總是回我：又不是美國人，種什麼蘋果、櫻桃。我就是弄不懂，美國人可以，為什麼我們不能？

父親後來在田裡種過楊桃、香瓜、西瓜，好像都不怎麼成功，唯有番茄年年栽種，以及栽了好些年的芭樂。那時的芭樂不是現在的牛奶芭樂或珍珠芭樂，是台灣的土芭樂。在那個什麼都匱乏的年代，何況也沒有更好的選擇與比較，對所有的人而言，土芭樂還是香甜的，尤其是熟透後香氣馥郁甚於任何水果。

夏天摘採芭樂都是在大清早，大概是擔心日照後芭樂過於熟軟不脆吧，也許也是方便父親送到果菜市場，所以我和弟弟都得一大早起床幫忙摘採，然後才能吃早餐上學。

清晨的夏天有著霧氣，芭樂葉及果實都沾著露水，顯得格外可口。採摘約莫一小時，肚子也餓了，順手折下軟黃的芭樂當早餐，甜而多汁的軟芭樂不但解渴也止饑，比起其他農事，摘芭樂算是愉快的。

後來，開始流行接枝技術，父親在改良場拿了一些經過改良的芭樂樹苗，接枝了幾棵試試看。果然那幾棵所結出的果實呈梨狀，皮面不像土芭樂光滑，如一粒粒疙瘩凸起，色嫩綠近黃白，籽少且較甜脆，父親說這是「梨仔芭」，大概是水梨和芭樂的混種。可是奇怪的是，軟熟後這種「梨仔芭」卻較酸澀，不如土芭樂的香甜。因此，吃脆的口感我們選擇「梨仔芭」，而軟的口味時則取土芭樂。

把熟軟的土芭樂當早餐有好些年，好像也沒吃出胃病，倒是吃出癮來，尤其是在燥熱的夏天早上，香甜的軟芭樂最能清解脾胃。

伯母的娘家庭院有一棵紅心芭樂，是村裡唯一的一棵；一般芭樂都是白心，紅心芭樂的果肉據說是粉紅色的，物以稀為貴，想必口味更甚土芭樂。我和堂哥覬覦已久，在紅心芭樂開花結果後，我們經常在其附近遊蕩，總想一旦成熟先嘗為快。因為不是自家的栽種，不能光明正大的採摘，老是被大人們捷足搶先。終於有一天堂哥外婆家中無人，我們快速摘下幾個。一群人圍著得來不易的戰果，興奮得如即將品嘗仙桃般，因為為數實在不多，只能一人半個，刀子切開，果然如傳說中，肉是紅心，只是明明深綠果皮，果肉卻是有些熟軟，我們迫不及待大口咬下，口味沒有軟土芭樂香甜，略帶酸澀，我們大失所望，紅心芭樂的想望從此破滅。

我剛讀高中那年，父親為專心經營大理石工廠，任由芭樂田荒蕪，沒有照顧和施肥的芭樂澀硬很難入口，但我和弟弟偶爾去滿足採摘的樂趣。過了一兩年剷除，父親在這塊地上蓋了樓厝。那時更多種經由接枝改良的芭樂出現，確實比土芭樂好吃多了，而我們因為心喜花園洋房的舒適，並沒有因為失去芭樂園而覺得有什麼遺憾。

台語稱番石榴為林拔仔、那拔仔，後來多半通稱為芭樂。既然是「番石榴」，必然不是原產台灣；番石榴原產美洲，由喜歡在海上航行的西班牙人傳至歐洲，然後再傳至世界各地，也傳到中國南方。因果實多籽，類似石榴而得名。一六九四年由大陸移民渡海帶來台灣，三百多年來的改良栽種，目前有一百五十多種，是台灣重要的水果之一。由西班牙人傳播，由大陸渡海來台，從此落地生根成為台灣的「芭樂」，宛如台灣原生種水果。然近十年來台灣的農業技術讓芭樂反攻美洲；前年去中美洲薩爾瓦多，台商送了兩顆碩大的珍珠芭樂，是他們在當地種植的成果，台灣的芭樂回娘家，在中美洲衣錦還鄉。

芭樂也有番稔、番桃以及吉普賽果的名稱，從美洲到歐洲到亞洲，變得更甜美的芭樂，由亞洲再回中美洲果然像「吉普賽」式的流浪。

芭樂四季都有，水果攤、傳統市場、超市隨時可購得，並非如櫻桃等寒帶水果得來不易，理當不至於「日有所思，夜有所夢」，然而我屢屢在夢中走入迷宮似的芭樂園，一壠走過一壠，一棵尋過一棵，堆積成厚厚一層的枯葉，一再提醒我芭樂枯死不再結實，而我也總是無法暢然採摘滿懷的憾恨中悻悻然醒來。

迷宮似的芭樂園在夢裡不斷的召喚，是晝日的意識，也是深層的記憶；是對童年歲時的流連，更是對田野農村嚮往，彷彿是一種鄉愁播植在日裡夜裡。

爬樹的小孩

黃昏，北邊幾朵烏雲緩慢的飄移著，預計我們的腳程可以贏過它們移動的速度。挑了幾樣菜蔬和水果，和女兒分別拎著，急速的走著，沒有閒情看橋下河岸悠哉的烏龜和覓食的鷺鷥。到了橋頭，雲比我們走得快，就在我們頭上。只要爬個小坡繞過水廠的圍牆五、六分鐘就可以到家了。

那幾朵烏雲連一分鐘都不讓我們，豆大似的雨粒綿密的墜下來，和女兒趕緊衝到水廠圍牆旁的蓮霧樹下避雨。一排沿著水廠矗立碩大的蓮霧，像支有小破洞的大傘，卻也免去我們成了落湯雞，部分雨滴還是從葉片滑落滴在髮上臉上。

夏末，雨常令人措手不及的下來。

從熱鬧市區搬來這裡，每日黃昏的散步或採購，我像植物老師諄諄教著女兒辨識各種樹、花以及野菜野草。一個多月前這一排的蓮霧結實纍纍，粉色水亮十分誘人，卻未見有人採食而任其掉落腐爛。在樹下躊躇許久不知該不該摘？鄰居路過大概看透我們的心事。「不能吃啦，沒噴農藥的蓮霧裡都是蟲啦。」他伸手摘了一串，一個個扒開，全都蠕動著蟲蛆。爾後每次經過，總是惋惜這一樹的只能看不能摘的蓮霧。

雨滂沱下著，顯然沒有停下來的意思。

我摘了一片蓮霧葉在手掌心揉搓，遞到女兒鼻尖。

「聞聞看！」我也把搓揉過的葉子拿到鼻前，這是從小的習慣。

「哇，好香的蓮霧味道！」女兒興奮得自己也摘了一葉搓了起來。

搓蓮霧葉是小時候的習慣，在沒有蓮霧的季節乾過癮。

「我小時候很會爬樹喔。」蓮霧樹讓我的童年回到眼前。

「怎麼可能？」女兒看我手尖腳細，怎樣也想不透怎會是個爬樹的人。在都會生長，雖然寒暑假常回外婆家，女兒不會爬樹，她大概也很難想像她的媽媽會爬樹。

「現在還會嗎？」

「不會了，幾十年沒爬過了。」

「妳爬的樹像這棵嗎？」

「不像，這些樹每年應該都有修剪，樹幹矗直沒什麼分枝，很難爬。」

小時候的蓮霧樹，長期任人爬上爬下，摘蓮霧拉扯枝椏，樹幹分岔大，枝椏低垂，比這些矗直高聳的樹顯得親切多了。

很小我就會爬樹，不知是為了貪吃，還是那種居高臨下的感覺。如果按照母親的說法，從小多病體弱矮小的我，走路都走不好了還爬樹？也許就因為體弱還有體力攀爬，母親從不因為我是女孩子而禁止我爬樹。

住在外婆家的大園子裡其實很寂寞，有氣喘的外婆大半時間待在

屋內，白天我經常和老狗庫洛在園子閒逛，看到什麼玩什麼，沒有目的也沒有玩伴，有時庫洛晃著牠老邁的身軀隨著我移動，或是懶懶的趴在地上，眼睛隨著我的行走轉動，像個盡責的老保母。

讓我注意到蓮霧，不是它的高大，而是在春天及端午節外婆固定的儀式；春天才到沒多久，外婆會挑一個不冷的天氣，拿起柴刀朝蓮霧樹幹斜砍了幾刀，厚粗的樹皮掉了一些露出一道道刀砍的痕跡。面對蓮霧一向善良仁慈的外婆突然兇狠起來，嘴裡還唸唸有詞。後來小阿姨告訴我是客語的「會痛當會生」。果然沒多久開滿了一樹的花，外婆非常得意她的刀功，年年砍年年兇狠，蓮霧果然不畏疼痛，花愈開愈多。

端午節後，外婆拿了幾串空的粽繩掛在樹枝上，母親跟我說外婆希望蓮霧結果會像粽子一串又一串。夏天一到，蓮霧確實就像粽子纍纍成串，沉重的果實壓低了枝椏，大人們根本不必爬樹，伸手就可摘好幾串。

砍樹和掛粽繩是外婆每年必做的事，蓮霧好像真懂得外婆的心意，年年都如粽子般成串成串的垂掛在樹枝上。

不會爬樹只能仰賴小阿姨爬上樹上或小舅舅拿勾子勾。白天他們上學，我再怎麼跳就是摘不到蓮霧，即使踩在庫洛的背上，蓮霧依舊高傲的掛著，對我這樣的小矮人，它們就像天上的星星。外婆是不摘蓮霧的，她說有毛毛蟲會掉下來，所以外婆也特別叮囑我不要在蓮霧樹下玩，免得被毛毛蟲爬過全身癢而起疹子。

纍纍的粉紅色蓮霧是如此的誘人，夏日的午後漫長得無邊無盡，日頭更熾烈燥熱令人難耐，所有好玩的事物全失去了趣味；金龜子從鹿仔樹掉在地上、老貓睡眼惺忪從倉庫跑出來曬太陽、蟋蟀小心翼翼從土洞中鑽出來、枯樹枝上長了幾朵木耳……這些都不再吸引我，我的眼裡只有粉紅晶亮的蓮霧，難捱的晝日蓮霧是甜蜜的嚮往。其實只是一棵土蓮霧，果實不大，汁多但有些酸澀，吃不到的就成了園子裡最可口最令人期待的水果了。

我要爬樹！仰看著約兩層樓高的蓮霧樹，我狠狠的下了決心。

我比外婆更怕毛毛蟲，可是我要爬樹，爬上枝葉上經常蠕動緩行的毛毛蟲的蓮霧樹。

對四、五歲的孩童它如參天大樹，第一節枝椏大概就是我身高的一倍半。樹幹比我還壯碩許多，可不像我搬個小凳子或爬到椅子上，掀開桌蓋偷吃外婆的醬菜。

不記得是幾歲學會爬樹，五歲或是六歲？也許試過了無數次，應該也摔跌無數次，強烈的慾念驅使，大概就可以奮不顧身了。只記得第一次站在蓮霧樹幹上視野遼闊，望過籬笆外的小溪，以及溪旁的稻田菜園，俯瞰的角度彷彿自己是個巨人，再俯看樹下好奇張望著我的庫洛，原來牠是如此的矮小。

蓮霧是摘到了，卻也因毛毛蟲惹的禍，滿頭滿臉我起了一身疹子，從此外婆嚴禁我靠近蓮霧樹。一直到了三、四年級才被允許爬樹幫外婆摘蓮霧。那時，老庫洛死了就埋在蓮霧樹下，那年的蓮霧結實的特別多，大概是庫洛把自己變成蓮霧了，牠也想待在樹上遠眺鄰近的風景吧。

可以上下自由的爬上蓮霧樹後，摘蓮霧對我就不是那麼重要了。我特別喜歡在不是蓮霧結實的季節待在樹上，這時沒有毛毛蟲，也不必和弟弟、表妹搶著爬樹，我可以安靜不受干擾的待在樹上，把樹幹當成躺椅，翻閱著從小舅舅書架偷來的《王子》半月刊以及漫畫書。在樹上不只可以看書，也可以當個瞭望員；可以看到母親從小路的那頭走過來，可以看到魚販載著一竹籃的魚貨經過，另一個角度可以看到隔壁即將嫁人的阿月在窗前不停的照鏡子，阿桑躺在屋簷下的竹椅上像隻大青蛙般的睡死了，一條蛇爬過石埔鑽進草叢，土貓叼了一隻老鼠躲到屋後……，假日的下午，園子裡的動靜我居高臨下看得一清二楚。

退出外婆園子的主導權是小學畢業的暑假，大概是意識到自己是女孩，也長大了不願在園子裡和弟弟、表弟妹玩小孩的遊戲，也從此沒有再爬樹了。

雨終於停了，女兒又摘了一片蓮霧葉。回到家裡，迫不及待搓揉給婆婆嗅聞。

「很香，是土蓮霧喔。阿嬤，您爬過樹嗎？」祖孫兩人有了共同話題開始聊了起來。

轉角的柚子樹

永遠記得那兩條小徑，那是我的童年世界，邁著剛會走路的小短腿從這頭進入，高瘦的身軀從另一端走出來，快樂的童年就這麼結束了。

外婆的家園十分廣袤，千坪的果園圍繞著宅屋，對一個三、四歲的小孩來說，穿梭在果園中，簡直是走進一座森林。兩條小徑呈L型從家園中間穿過，是對外的通道；一邊的出口是溪邊，小阿姨洗衣服的地方，一邊通往大阿姨婆家的小路。兩條小徑交接的轉角有一棵樹，樹下有一顆被坐到發亮如圓桌的大石頭。鄰居的阿桑常搬個小凳子和外婆在樹下挑菜，有時她十四歲的養女阿月大剌剌跨坐在石頭上，和我說著阿桑如何虐待她，四、五歲的我不知道什麼是虐待。外婆的宅園附近就我們兩處住家，阿月的工作是餵豬、做飯和洗衣服，偶爾空閒的她大概也只能同我說話吧，儘管我完全不是她說話的對象。後來加入外婆果園的弟弟最喜歡爬上那顆大石頭再跳下來，經常摔得鼻青臉腫，甚至一次跳下來骨折，他卻樂此不疲。

轉角的樹是柚子樹，外婆說和其他的果樹一樣都是野生的，也就是自己長出來的，在母親小時候就有了，也許有人吃了果實掉下的種籽，或是鳥、昆蟲叼了過來。是一棵老柚子樹，大半的時候它是引不起人注意的，即使最常在它樹下乘涼的阿桑和外婆，也從不關注它，不像園中的蓮霧，在端午節時外婆拿了柴刀朝樹幹底砍了幾道，掛上一串吃完粽子的粽繩，說是提醒花葉茂盛的蓮霧要如粽子般果實纍纍。也不像釋迦要稍折彎它的枝椏，免得過高不好採摘釋迦果。

外婆的宅園各種「自己長出來」的水果，四季交替的開花結實；春天才開始，楊桃垂掛黃綠色如同燈籠、土芭樂和野草莓一顆一顆的成熟；摘土芒果幼果是清明節；初夏早熟的蓮霧也可以摘來吃了，看到龍眼大概知道七月半的普渡要到了，接下來是柚子和柿子提醒中秋節來了，然後是那棵矮小的酸橘子紅了，過年轉眼就到了。還有滿園的釋迦，彷彿大半年都可以吃得到。

在外婆果園中我最喜歡柚子，不是它好吃，是它好玩。柚子的好玩得從春夏開始。過了清明，柚子開花，白色的花蕊非常清香，香氣直逼玉蘭花，風輕輕拂盪柚子花似雪花般飄墜，整條小徑迴盪著花香，阿月撿起掉落的柚子花撒滿她的髮上，她說新娘子都戴花，有時偷偷拿著針線串成一條花鍊，我總央她也串一條給我。白色的柚子花鍊的確非常漂亮，且香氣繚繞，可惜戴了一個下午全掉光了。

夏天，整樹的小柚子如拳頭般大小，一個颱風常颳下一半的果實，我撿起落果當球玩，阿月拿著小柚子在髮上猛搓，她說柚子皮有油可以讓頭髮「烏金」。有時我們嘴饞，阿月硬是剝開柚子皮，柚肉細又硬，酸澀得讓我們只咬一口便扔了。

抵擋過颱風的柚子愈來愈大愈圓，也漸漸由深綠色轉為綠黃。外婆家的柚子不是文旦，圓形皮圓滑，淡粉色的果肉細小汁多但略酸。在還未吃過文旦之前，我以為它是全世界最好吃的柚子。

貧窮匱乏的年代不做興賞月，中秋月圓不圓是其次，重要是有月餅可享用，而月餅的種類也極簡單，絕大多數是綠豆凸，蛋黃酥或蓮蓉月餅如同舶來品。直到我讀小學四、五年級，小姑姑到台北做事，中秋節帶回有著彩色玻璃紙包著的蓮蓉豆沙月餅，我們才知道原來中秋月餅不只是綠豆凸。

中秋節的綠豆凸比起其他節慶的糕餅或粿粽要來得稀罕，因為糕餅或粿粽都是阿嬤、母親動手做的，唯綠豆凸是買的。花錢買的東西絕對不會多，有配額限制，一年當中也只有中秋節才有，因此中秋節吃綠豆凸就顯得珍貴而慎重。

比起綠豆凸，柚子就平易近人，也不限定中秋節當天。

大約中秋節的前半個月左右，柚子約略成熟了。摘柚子是小孩最愛的事，站在樹下看著大人摘下後，我和弟弟及表弟妹搶著指定要哪一顆柚子，不是搶著吃柚肉，而是要那頂柚子皮。每次大概摘個五、六個柚子，也剛好是我們幾個小孩的數量，每人其實都會有一頂柚子皮帽，柚子也大同小異，只是先搶到的好像就是最好的。

剝柚子皮，台語是「刣柚仔」，大人用刀間隔劃開柚皮和瓤綿，取下柚肉，柚瓤皮就成了一頂六到八瓣膜左右的柚皮帽，戴在小孩的頭上十分合適，那個沒什麼稀奇玩具也無帽子可戴的我們，頂個柚皮帽覺有趣而新鮮，想像頭上頂著真正的帽子。切開後柚皮的香氣飄散著，泌出的柚皮油大人要我們抹在頭髮上，據說可以讓髮質烏亮柔順。

吃柚子的季節極短，因為就只限轉角那棵柚子，二十來顆，摘個三、四次就結束了，想要再吃就得等來年了。幾乎家家戶戶都會種上一、二棵柚子，果實多不多或好不好吃不重要，不必花錢買才是主要考量，而會買柚子的都是花蓮市區「街仔路」的人。如果那年颱風來得多（五、六〇年代颱風每年颳向花蓮，有時一個夏天好幾次。），柚子所剩無幾，甚至一顆也沒有，那麼那一年的中秋節就必然沒有柚子。

柚子樹比不上後院龍眼和柿子樹的高大，也不像釋迦的茂盛；或許因為那樣稀罕著柚子，或是它就在兩條小徑的轉角處，或是樹下是阿月和我玩耍的地方，是阿桑和外婆閒話家常的地方，它卻是外婆宅園中數十棵果樹中最重要也最顯眼。

走過了轉角，走過柚子樹，那個仰頭關注柚子抽長的小女孩輕聲細步，不知不覺走出小徑的另一頭，走出柚子樹的童年。

讀高中那一年，舅舅賣掉了宅園搬到市區；果樹被砍伐殆盡鋪上水泥成了一棟棟公寓，果園的樹開始在夢裡滋長延生，尤其轉角那棵柚子樹，樹下那顆磨得發亮的大石頭，風起時柚花飛舞如雪片飄落……。

和女兒談中秋節，談月餅談柚子還有他們最關心的烤肉。她說最滑稽的是讀小學前，我老是強迫她們戴柚子皮的帽子，硬生生把我的

童年移植到她的頭上。我能移植的大概也只有那頂柚子皮帽，至於柚子樹下的童年往事，不是成天電腦前的他們能分享感受的。

比起女兒的童年有玩不完的玩具和豐盛的物資，我則有一棵柚子樹，豐富了我的童年。

遺失的翅膀

曾經以為自己是一隻展翅的孔雀，是馬戲團的飛車手，是哪吒扛著風火輪。也似乎走過哪吒的年齡後，風火輪成了一個遙遠的記憶，一段輝煌壯烈的行走歷史。

Rebecca Solnit 在《浪遊之歌──走路的歷史》中指出，將行走歸類於一項探索、一種儀式、一類沉思，乃屬於行走歷史特出的一支。行走的歷史為創作力與文化歷史的一部分。

然而在我行走的歷史中，只有記述騎腳踏車的年歲，才能完整的呈現童年、少年的面貌，也可能是探索童少年內心的某個路徑；如果成長必須有個儀式，腳踏車可能是最好的註記符號。

我騎腳踏車的年紀算是很早了。小學三年級的暑假，為的是不想再走很遠的路，我也無法體會或滿足於盧梭的只有在走路時才能夠思考。會騎腳踏車就像多了一雙會飛的翅膀，可以到腳走不到的地方，可以探險，可以遨遊另一個村落，大人們口傳中一個熟悉的地方。

父親看著瘦小的我，搖搖頭「再過一、二年吧！」人都沒腳踏車高，況且摔了會破相，女孩子家千萬使不得。不行！山在遠處呼喚，溪河繚繞牽引，無論如何都得赴約，更何況已有同學就騎著腳踏車上學。拗不過我，父親在車後扳扶著，就像小時候學三輪車他在後頭推著。

在還沒有學腳踏車之前，我早就盤算好學會了，要去哪兒遠征，但是橫亙在眼前的是家門口的稻埕，像座大山屢屢堵在車輪前，絆得我四腳朝天，摔得膝蓋破皮流血。宛似哪吒，我扛的可是兩個比自己的身軀還要龐大的風火輪；家裡大人載貨用的大腳踏車（武車），連接前輪與座位的橫槓高於我的肩膀，我只能跨穿橫槓下的三角形空間，活似小人扛著大車，我的頭就在座位上方搖搖晃晃，像支圓規在稻埕畫圓圈，一圈又一圈，每日傍晚，巴不得父親趕快回家，可以一次又一次的練習。一天、二天、一個星期、二個星期，腳踏車逐漸和身體合成一體，彷彿是手是腳，操控自如。像馬戲團裡的特技，我在稻埕表演繞圈圈、煞車、轉彎、直行，驕傲得像隻孔雀，賣弄的表演。父親則像個主考官，檢驗我的技術，能不能跨出稻埕得他點頭，我等著他核發准許證。另外，我還等著一輛適合我騎的腳踏車。

終於小姑姑買了一輛淑女型的文車，不但比載貨的腳踏車小，而且是斜下去的橫槓。我不必學哪吒扛風火輪，可以坐上椅墊，像個小淑女般踩腳踏車，雖然不能一腳踩到底，用蹬的也一樣能轉動輪子。

輪子和雙腳的探險的確有很大的不一樣，不只是距離的遠近，還有視野的高低；第一次跨出家門前的大稻埕是到鄰近外婆家，一小段的馬路然後沿著小溪邊行。黃昏，收割完的稻田和天際連成一片橙黃色，多數人家的煙囪冒著白煙，炊飯時間我要去外婆家，讓小阿姨知道我會騎腳踏車了。

「喔！會騎車嘍。」在埕前乘涼的阿婆搧著藺草編的扇子。我高坐在車椅上得意的笑著。再往前，幾個正在玩彈珠和我差不多年紀的男孩停下來，羨慕的看著我。我想練得再精熟些放手讓他們看。看到姨丈家的菜園，外婆的宅園就在眼前了。黑狗庫洛聞聲興奮的衝了過來，我從車上滾落在地上，幸好是泥土地不是稻埕的水泥地面，沒有破皮沒有流血，外婆和小阿姨趕出來正好看到我狼狽的趴在地，像一隻折翅、顏色盡失的孔雀。

對腳踏車似乎就只能有兩種最鮮明的記憶，一是摔倒，一是表演，兩個都是必然的過程。騎腳踏車並不是只在學習時會摔倒，即使再熟稔也會有馬失前蹄的，何況是剛學會卻又急著想表現。

小姑姑到台北工作，她的腳踏車就成了母親的交通工具和我的表演道具。學會腳踏車後要遠征的計畫一直未實現，父親只肯讓我騎到距離家裡五、六百公尺遠的外婆家。他老擔心大馬路上一天也見不到三輛的大卡車，擔心我掉進溪河裡，擔心騎遠了回不了家。而我最大的願望是騎車上學，讓同學知道我會騎腳踏車了，偏偏學校就在遠遠的大馬路另一端。

終於，四年級快放寒假的有一天，母親的生母，也是我另一個外婆，遠從山前苗栗來探望母親，母親那天不用跟父親到田裡工作，中午我從學校回家吃中飯，我央求母親讓我騎腳踏車回學校。也許礙於外婆在場，也許那天母親心情特別好，我臨出門前還塞了一個外婆帶來的椪柑。最美好的兩件事在同一天讓我碰到，我像極快樂的雀鳥急於飛奔出去。

騎了半年多的車，我自信技術高超，絕對可以單手騎車。我輕而易舉以單手上車，右手高舉椪柑，左手操控把手，順利的離開家裡。樂極生悲的成語才剛學會馬上就應用在身上。為了避讓後頭的馬達三輪車，我往右邊靠，沒想到絆倒在一小堆砂石上，臨摔下來前我竟然顧及那顆椪柑，仍小心翼翼的護著它，左膝蓋先著地一陣刺痛，血絲滲了出來，椪柑則好端端握在手上。因為這個意外我再也沒有機會在小學騎車上學，膝蓋的傷疤像一尾小蜈蚣至今仍蹲伏不走。

國中校區離家更遠，腳踏車是必然的交通工具，我也終於有一輛屬於自己的腳踏車，也才是我探險的開始。我的探險都是選擇放學時刻。幾個同學成群結隊，避開大馬路，每天挑選不同的路徑回家。那個年代田間小路沒有什麼機車，更談不上小客車，偶爾遇上牛車或馬達三輪車，所以在路上我們盡情的飆車，放手、兩人並排牽手，極似馬戲團的單車表演，有時以高空的姿勢摘下欖仁樹上青澀的橄欖，或快速俯身偷摘路旁的番茄。這些動作多半可以完美的表現，偶爾也會失手，連車帶人的摔下來。然而我們的最愛是「一窩」和「汨羅江」，不管從那條路回家勢必要拐到這兩個地方繞行一圈，才算是真正完成放學的儀式。「一窩」是一條溪河岸的小路，路面突然陡降成一個半圓狀，彷彿一窩大鳥巢，或是一個小小峽谷。每當快接近那個路段時，我們加快速度然後俯衝再上坡，急速下降的尖叫聲真是過癮，讓我們陶醉在飛車表演的快樂中。有時一次不過癮，我們會掉頭重來一次，像極了現代小孩玩自行車衝浪板。過了「一窩」離汨羅江就不遠了。其實也不過是一個極小極短、農人挖鑿用來灌溉農田的水溝。剛讀了屈原的〈離騷〉，不識國愁家恨卻愛其行吟河畔的感覺。我們把車停放著坐在溝岸以腳划水想像屈原的心情。有時索性跳下水，水深及腰，互相潑水戲耍，完全拋開屈原投江的悲憤。然後，藉著仍紅豔的夕陽把衣服烤乾再回家。

國中二、三年級則藉著寒暑修的下午，遠征鄰近的山區吉安大山、砂婆礑等，以靠山的西邊為主。至於往東的花蓮市區則從未考慮，那是都市人的所在，彷彿是另一個國度，是我們不敢也害怕遠征的地方，卻也沒想到往後三年竟是以腳征服。

花蓮女中在市區，距離家裡是更遠了，遠得無法騎腳踏車只能搭客運車上學。也許是因為意識到少女應有的矜持，高中後偶爾騎腳踏車，總是斯斯文文，一派淑女的樣子。北上唸書後，腳踏車從此留在花蓮；來台北之後才知道，腳踏車南部人叫「孔明車」或「鐵馬」，北部有人叫「自輪車」，花蓮人就叫「腳踏車」。孔明車是取其像諸葛亮一樣聰明的發明，自輪和自行相對於步行，腳踏，則最實在。

然而在我心中最炫最酷的名稱是哪吒的「風火輪」，它是屬於田野、溪畔，它應該是每個人童年的風火輪、少年的翅膀。

擺盪在後山與山前

我有一半的客家血統，我卻在四十五歲以一冊薄薄的家族聯絡本裡真實的認同它。

家族聯絡本是從高齡九十歲的外婆開始繁衍，記載了她三男三女的茂盛枝葉，這也是我第一次歸屬在女方的眷屬中，我是屬於母親這一支。父親在家族聯絡本裡是女婿，我的丈夫是孫女婿，母親的名字排在父親的前方，我的名字排在丈夫的前方，在這支家族中，父親（當然也包括我的弟弟）是歸附於母親，丈夫（包括我的女兒）是歸附於我。

這遲來的認同，是因為母親的緣故，母親沒有在她的家鄉苗栗成長，未諳世事便和她的阿姨來到後山謀生，這是一段艱辛的女性移民故事。

小時候我總是覺得困擾，因為我有兩個外婆兩個外公，一對在苗栗，一對在花蓮，隔著中央山脈，我同花蓮的外公外婆親，從小我就在外婆的宅院長大，外婆其實是我的姨婆。

母親不太提她的童年，一直到我成長才了解她心態；人生苦到極至是不堪回憶，也不想回憶。母親甚至刻意遺忘她客家的血統。

做為台灣最後淨土、北部人的後花園的花蓮，一九二〇、三〇年代，也是西、北部人逃離窮途末路的桃花源。阿公在桃園大嵙崁山窮水盡，七十多年前來到花蓮赤手建立家園，開枝散葉。他的鄰居他的宗親都是，水路山路顛躓來到花蓮，一雙手一支鋤頭開墾新的人生，播植家園。

姨婆，我的外婆卻是來到花蓮逃離宿命，也攔跤著我母親一出生便論定離鄉背景的命。

外曾祖母是外曾祖父的三姨太太，生了三個女兒。家境好那個年代，姨婆和外婆都上學讀漢文和日本學校。可惜外曾祖父早逝，加上兩個姨婆都年輕守寡加上外曾祖母，一門三個寡婦，被村人譏諷寡婦門。母親出生後算命說她要有兩對父母，於是名義上過繼給大姨婆。母親五歲時，姨婆帶著母親來到花蓮逃開村人的嘲笑。

寡母孤兒，三十多歲的姨婆／外婆帶五歲的母親，六十多年前，兩人舟車勞頓逃離似的從苗栗前去後山的花蓮港。人生地不熟，以刺繡為生的外婆，以一雙十分尖秀的雙手在魚工廠殺魚卻難以維持母女二人的生活，一年後不得已違抗命運和一個離婚、命比她還硬的閩南男人再婚，這個硬命的男人有一個乖巧的女兒和以刁難雜唸出名的老母親。外婆和外公以唯一的溝通語日語交談，外婆和母親開始學閩南語，融入這個家庭。母親和她同年女孩情同手足逐漸忘掉苗栗客家的一切，外婆努力成為閩南媳婦；兩個客家女子在閩南村莊閩南家庭努力過生活。

後來，母親也成為閩南家庭的媳婦。我在外婆的日式房子和大庭園長大，小舅舅和小阿姨和我講著純正的台語，外婆同我說著有客家腔的台語，外公的話我沒聽過，我兩歲多時他因病過世。偶爾，外婆和母親說話時夾雜著客語，聽不懂的客語在耳朵裡跳過，沒人教我，也沒人想讓我懂。我知道那是客家話，一種遠在山的那一頭另一個外婆的語言。

讀小學的前一年，外婆帶著我換了好幾趟車，翻過一座又一座的山，來到苗栗三義另一個外婆的家。勝興村和我住的村莊十分相似，只是全說著我聽不懂的語言。我真正的外婆外公，嗡嗡的說著我聽不懂的話，不諳台語的舅舅阿姨試著和我用國語溝通，我一臉茫然和驚慌。這群說著我聽不懂語言的人都直說我太安靜，不太會說話。

我想著當年六歲的母親到了閩南村莊的心理和我差不多吧，只是母親住下來了。我和外婆四天後便離開了三義，聽了四天，那嗡嗡的話我還是聽不懂。讀了小學中學和高中，我經常要向好同學解釋我有兩個外婆一個外公的由來，在家裡偶爾才會提到三義的外公外婆，三義的外公外婆就成了我真正外公外婆的稱呼。可是，我從未想過我是客家人，雖然我的血液裡有二分之一的客家血統。

這期間，有時是苗栗的外公外婆來，有時是舅舅、阿姨來，他們都和母親說著客語（母親有時詞窮會以國語回答），和父親、我和弟弟則以國語交談，沒有溝通的困難，而長年在外婆家我也聽懂一些簡易的客家話，卻從未開口說過。客語是母親的母親的語言，卻不是我的語言，我的母語是台語。

當年因為交通的問題，或者因為生活環境、背景的因素，母親並不常回苗栗的外婆家，和那個家的成員也不太親近，只是每年父親口述並以我的名義寫了幾封信到苗栗，維繫著淡薄的親情。所以，從小學我就開始和唸大學的舅舅通信。

到台北唸書，花蓮的外婆過世。我在舅舅的公司打工，比較常去苗栗看外公外婆，從外婆口中了解母親五、六歲前的模樣，就像那時剛讀小學的表弟表妹，他們同外婆說著流利的客家話。這時，母親客家女子的形貌逐漸在我心中建構起來，我隱約感覺到自己血液中的客家血統。只是，母親純正的台語，和客家女子完全迥異的性格，以及刻意迴避的童年往事。讓我原本構築出母親客家身影的樣貌崩塌下來。

而後，我結婚的家庭也是閩南家庭，我們說著國語或台語，沒有人認為我是客家人，婆家的人知道我有個客家外公外婆，卻不認為我有個客家母親。

和動物不一樣，人類的血統認同是從父親的角度。這樣的認同角度我們都沒有質疑過，也不認為有何不妥；所謂母語，說的是父親那一脈的語言，姓氏也是父姓。母親是一個傳宗接代和傳播父親語言的媒介。

結婚後，我開始成為某某太太，有了小孩之後，是小孩老師口中的某某媽媽；我意識到自己的一半屬於丈夫，剩下的一半屬於子女，不要說去認同母親的客家姓氏，連父親的姓氏都「形同虛設」。名字不重要，姓氏也不重要，我也終於了解，在家譜中為什麼阿嬤的那個位置只寫了「王氏」，雖然，我終究是要嫁出去的人，在族譜我還有一個完整的姓名，因為我姓的是父親的姓，是阿公的姓。女性在婚後，除了原本的父姓之外，又多了一個「夫姓」，男性婚後卻不會多個「妻姓」。

我的女兒有四分之一的客家血統，我的二分之一已不被認定（包括我自己的認同），何況是四分之一。女兒知道在苗栗有男的「阿太」和女的「阿太」（客家人稱曾祖父曾祖母都稱為「太」），但是對他們而言，彷彿是一則童話故事，是個遙遠的年代遙遠的人物般。

我對客家血統的認同是自苗栗的外公過世後。為了讓高齡的外婆高興，每年外婆生日、表弟妹嫁娶，表弟表妹總是精心安排外婆的子孫全員到齊，讓外婆感受兒孫滿堂的喜悅。除了母親這一支外，外婆的子女嫁娶都同是客家人，孫子女全都會說客語。初始的聚會，我、丈夫和弟弟、弟媳，就像闖入異國一般，在這個外婆家族中顯得突兀。然而，十年來，我終也感受到客家的血液涓涓細細潺潺的流著。

是那份家譜通訊錄讓我真實的感受到自己其實是客家人；家譜以外婆為主，其下三個兒子三個女兒，像金字塔往下紮了厚實的根基似的。我看到了阿姨、母親、表妹們和我，領著我們的家人摻入了這個家譜。我們每個人的出生年月日、星座、工作全列在這個家譜中，不管是我丈夫我的女兒都是屬於這個家譜，因為我使得他們都成為這個家族的成員之一，丈夫有了客家的姻親，女兒有了客家的血緣。表妹姍姍嫁的是閩南人，她的丈夫她的小孩自然也是客家的姻親、血緣。

十年前，苗栗的外公過世，母親哭得最傷心，她說她沒有父親了。那一刻我終於了解，再怎麼刻意，再怎麼冷漠的迴避，母親的心底終究還是個客家女子，血脈是斬不斷的。

隔著層層的中央山脈，曾經，母親擺盪在山前與後山，擺盪在客家與閩南，擺盪在迴避與認同；幾十年來，母親依附在繼父、丈夫家族，那個和她血脈最親的家族曾經背離了她。現在因為一本家譜，讓住在花蓮的母親，領著我和弟弟跨越地理環境的隔阻，也跨越她心裡的藩籬，加入苗栗外婆客家家譜。望著這一本家譜，我隸屬於母親這一支血脈，外婆是招贅，所以母親隸屬於外婆這支脈系。不管我是否會說客語，不管我是否認同，不管是否有文化差異，母親是客家人，我當然也是，我的女兒自然也是；只要，家譜繼續賡衍記載，女兒的子子孫孫，都是。

貧乏與豐富的年代

一九五〇年代，花蓮的鄉下，主要的交通工具是雙腳，少數人家有牛車和腳踏車，牛車是用來運稻穀、甘蔗，也載人，腳踏車是所謂的武車（不是淑女車），也是用來載農產品及兼載人。我們的村裡百分之九十八務農，百分之二是軍公教及做生意的。那時，還沒有菜市場，有一家賣豬肉，一家碾米廠，三家雜貨店；青菜自己種，雞鴨院子養，豬肉逢年過節才買。每週魚販會用木箱子墊上姑婆芋葉放了兩三種魚，騎著腳踏車到村裡叫賣，買得起的沒有幾家。這裡也不像都市，沒有人賣早餐的醬菜，農家醬菜最不缺。當然夏天，跟魚販一樣，有人賣冰棒，冬天有人賣麵茶，一個月左右有賣雜細的，都是婦女最愛的膨粉、面油（面霜）、針線、鈕釦等，簡單衣服多半自己做，布料、好的衣服到花蓮市買，可能是一年或好幾年才買一次。因為好幾年才有能力購買，「補鼎補雨傘」的人到村落還走得勤。炊煮的燃料是稻草、粗糠、樹枝，使用煤炭太浪費了，也沒那個閒錢。

節慶到花蓮市會搭公車，絕對是人擠人擠得水洩不通，小孩是從窗戶抱進去占位子。

買花生油是用碗去裝，離我家最近的雜貨店沒有賣奶粉，母親沒有奶水，我是吃米麩（米用石磨磨成米再調水煮），母親說，哪來的錢買奶粉，即使過期美援奶粉也沒有。而且，不少人家是賒帳，月結或季結，甚至欠到過年。

幼稚園？聽都沒聽過。這時，我三、四歲，記憶十分有限。

一九六〇年代，村裡有少數幾輛摩托車；腳踏車增多了，後來鐵牛逐漸取代牛車；女生比男生會讀書，一定會被說「豬勿肥，肥兮狗去」，還有少數的童養媳。家裡的小孩最少都半打以上，後來推動三個小孩恰恰好，已來不及了，該生的都生了；我們家二男一女一直被衛生所人拿來當模範樣本好多年。

小學的校園內偶爾會有軍人駐紮，有牆的地方都寫著「保密防諜，人人有責」。校園的廁所裡老有鬼的傳說，老師打人用籐條，父母都說打得好，教訓得是。玩具自己做，毽子、彈弓、紙娃娃……通通是廢物利用，不會讀書沒關係，會做各種玩具絕對受歡迎……。家裡沒有垃圾桶，連廚餘都極有限，能用都用，不能用的也可以當燃料或堆肥，如牛糞或人的屎尿。

一九六八年實施九年國民義務教育，我是國中第二屆，不必考初中，因此，小學五、六年級不用補習，應該說到高中畢業之前我從未補習過。我們比國中第一屆玩得更瘋，他們「冤枉」補習了一年，還略帶初中生的氣質，感覺比我們穩重多了。

讀國一時，還有初三的學長，老覺得我們野，大概也有一點瞧不起我們沒受過補習的洗禮，不必考試就通通進來讀。我們也是這個學校第一個男女合班的學生，讓初三、國二生非常眼紅。

這所國中匯集了五、六村的學生就讀，除了鄰近學校這一村，其

他學生全都騎腳踏車，鐵皮蓋的車棚滿坑滿谷都是腳踏車，晚點到校還真是車位難求。花蓮在一九六〇年代絕對是偏遠且窮縣，在花蓮市郊更是僻壤，我們大多數的人沒上過幼稚園，沒有補習，當然也沒讀過英文。讀國一時，黃俊雄布袋戲《雲州大儒俠》開播，左右鄰居大大小都在哼唱〈苦海女神龍〉、〈冷霜子〉、〈風雨斷腸人〉……每有新的角色登場，新的歌也跟著流行，我們也漸漸忘了國小六年級時著迷蔡咪咪的〈媽媽送我一個吉他〉。因為上了英文課也終於知道「媽媽媽媽啊！送我一個吉他，媽媽媽媽啊！送我一個吉他，我願永在媽媽身旁，唱歌跳舞玩耍，我的好媽媽。媽媽媽媽啊！我不願意長大，媽媽媽媽啊！我不願意長大，不要強尼，不要尤瑪，只要我的媽媽，我的好媽媽。」原來，「強尼」、和「尤瑪」是英文名字，我們也紛紛為自己取了英文名字。到了國二，很多人自以為英文很好，或者騙父母要學英文，聽歌是最好的方式，於是有人買了英文唱片，日日在學校哼著〈Are You Lonesome Tonight〉，他說這是貓王的歌，透過同學我們知道愈來愈多的外國歌手和歌曲，彷彿打開世界之窗，和布袋戲歌曲漸行漸遠。

讀國中前，我的課外讀物都是在學校看的，以台灣書店的為主。母親年輕時喜歡讀通俗小說，大都是古典的，留下來的我只記得有《孟麗君》，國小時我看得似懂非懂，但一直放在我的小書架上。國中二年級，我在花蓮市的書店買了《徐志摩詩集》，擺進六十公分長的書架上，和教科書、參考書、字典擠在一塊。

讀現代文學，聽哼西洋歌曲，當然也要看洋片。一九六〇年代還有日本電影，但都是父親跟母親去看，我只得一部是《愛你入骨》，主題曲風靡了整個村子，大大小小都會唱，即使完全不懂日語；一九六七年文夏的《流浪劍王子》電影在隔壁村慶豐村（五、六個村只有這裡有戲院）演出，竟然文夏還領「文夏四姊妹」隨片登台，電影演什麼完全忘記，卻牢牢記住台灣第一個少女流行樂團文香、文鶯等四個人穿著短白裙彈吉他的模樣。因為《梁山伯與祝英台》沒有在慶豐村演出，我至今沒有完整看過（都是電視台重播斷斷續續的看），每次四、五年級熱切談這部電影及當時盛況，我都沒有參與感；就像一九六九年非常轟動的電視劇《晶晶》，因為中視在一九七四花蓮才有轉播站，花蓮人是沒有躬逢其盛，連主題曲都哼不出來。但是，我們都從電視上目睹了太空人登陸月球，沒有看到嫦娥和兔子。

第一次看西洋電影是國中二年級，薛尼鮑迪演的《吾愛吾師》，主題曲到現在都還會哼。整個國中一半的同學都努力的從本土進入西洋，也奮力的要脫去幼稚，進入青澀人生。

高一時，仍有從初中升上來的高三學姊，花蓮女中制服的白衣黑長裙，我們極力想把過膝的長裙，在裙頭捲上兩捲，讓裙襬剛好在膝蓋，有些同學更是再捲上一捲，露出膝蓋，不過老遠看到教官，就又一捲一捲的放下。我們仍是嘻嘻哈哈，吵鬧的一群，經常被學姊瞪白眼。

高一時，電視上有一個戴著大寬邊帽的金曲小姐手彈吉他唱歌，和當時極流行的群星會裡的歌曲、歌星很大的不同。於是校園內一下課經常在樹叢花間聽到有人哼著：「風吹著我像流雲一般，孤單的我也只好去流浪，帶著我心愛的吉他和一朵黃色的野菊花，我要到那很遠的地方……」，那時，從沒想過在二十年後會跟金曲小姐洪小喬熟識並合作。這時民歌準備登場，我們懵懵懂懂進入現代主義文學與存在主義。

與我們高一一起進來的甫自大學畢業的國文老師，包括作家顏崑陽，成立讀書會。高二我們的國文老師張玉花在課堂上讀黃春明的〈魚〉，對白就用台語，聽得我們目瞪口呆，原來小說也可以像布袋戲或歌仔戲一樣使用台語。那時我們也剪貼〈夏濟安日記〉、〈第五季〉等在副刊刊載的文章。我們還聽到存在主義，同學不知從哪裡弄來卡夫卡的《蛻變》，傳來傳去，大家都看不懂為什麼變成一隻大蟲是存在主義？即使囫圇吞棗，我還是剪了厚厚一大本的詩、散文、小說作品。

花蓮靠太平洋，花蓮女中和花中都傍著海。其實，除了南投縣外，台灣所有的縣市靠海，西部是台灣海峽，東部是太平洋。然而，一九七〇年代，整個台灣都怕海，與海洋一點也不親。東部這兩所離海最近的中學，我們一樣「離海很遠」是一群畏懼水的旱鴨子，學校的游泳課都是聊備一格。我記得曾和同學到海邊，走沒多久，就被阿兵哥趕走，說是海防禁地，提防我們是「匪諜」。如果是一個女孩走在海邊，會立即被海防人員或阿兵哥趕走，因為怕你自殺。

愛玩又不夠用功，大學聯考必然落榜。不過，我們多半會全推給「只有百分之十八至二十的錄取率」，窄門真的很難擠；從高一到高三，老師激勵同學用功讀書，都會說：「女中女中，考不上大學當女工。」我們不像職校有一技之長，落榜真的只能當女工。當然，也有比較漂亮的可以當金馬小姐，有幾個學姐就是金馬號（當時跑長途的國營客車車掌）小姐。

不想當女工，又做不了金馬號小姐，只好來台北當高四生。彼時，館前路是補習生的最大本營，白天在十層樓高裡的教室奮戰，晚上在沒有窗戶，像鳥籠一間間的宿舍熬夜苦讀，這些宿舍多半在懷寧街、開封街等，昏昏暗暗過了一年。

民歌從星火到燎原，自彈自唱成了許多大學生的夢想。我也因為筆友（因預約詩集而往來，不是從交友欄認識）詢問會不會彈吉他，為了往後見面著想，我硬著頭皮假裝自己是個長髮飄逸會自彈自唱的女孩。於是，央著剛上大學很會彈唱的大弟教我吉他，一個寒假下來，我的手指起水泡、長繭，只學會一小段〈禁忌的遊戲〉，我想萬一與筆友見面時勉強可以應付。果真，應付過去了，接著就不需要彈吉他了。

當然，也有人關心黨外運動、中美斷交、高雄橋頭事件、美麗島事件等國家、社會大事。

四年級的女生或男生，很多人的青春是結束在一九八〇年代，同時走進了另一個人生。我也不例外。

四年級生的我們，成長過程，很貧乏，也很豐富，學會很多，也有很多學不會，一直在傳統與現代的夾縫中掙扎。

玩物不成癮

我喜歡蒐集小東西，但狂熱一陣子便無疾而終，是和我喜新厭舊的星座有關？還是和紫微斗數開創型的主星有關？總不願停留在某個定點太久？（婚姻是例外，還是？）

我第一個蒐集的小東西是紙盒子；大概在我小學四、五年級時，女生們流行「養紙娃娃」，一九六〇年代的鄉下買不起洋娃娃，沒關係可以自己做，用較硬的紙（若沒有，作業簿的紙也可以）畫一個沒有穿衣服的女娃娃剪下來，再畫衣服，衣服的肩上要多出兩條直的長一點突出的帶子，剪下來可摺勾掛在紙娃娃的肩上，這樣便是讓紙娃娃穿衣服，那時生活拮据，紙娃娃也只穿半邊的衣服，前面勾掛著衣服，背後是空的，幸好我們都不在乎只穿一半衣服的紙娃娃。

那時，我很會畫圖，女同學常要我幫忙畫女娃娃，有長頭髮，有短頭髮，有直的，有捲的，臉型大都是大大的眼睛，尖尖的下巴，身體沒什麼曲線，反正是要穿衣服看不到的。衣服，我就不幫忙畫了，每一款都不一樣，我希望我的紙娃娃的衣服是最好看的（每件衣服都會用蠟筆著色）。因為方便穿著，我大半畫的是洋裝，偶爾也有上衣和裙子，裙子則在腰頭多剪出橫的兩條長帶子摺勾在紙娃娃腰身。

既然養了紙娃娃，得有個房間給她住。房間，也是用紙做的；一九六〇年代真是窮，窮到連紙盒子都很難看到，若有人送喜餅，盒子一定是被媽媽拿去裝她寶貝的物品。初始沒有紙盒子，就一樣用紙（都是寫過的作業本，那時什麼紙都缺，只有寫過上學期的作業本沒被利用），偶爾有厚的月曆紙（奇怪的是連月歷紙也不易拿到）更好，摺成四方型的盒子，當成紙娃娃的房間。

女生們幾乎天天帶著紙盒子到學校，一起玩紙娃娃辦家家酒。用作業紙摺的盒子像極了貧民住的稻草房，薄而寒酸，我們都戲謔的說：「颱風來了會被吹翻的。」一然我們初始都是從寒酸開始，然後用厚的月曆紙，紙娃娃從貧民窟搬到小平房，若運氣更好可以拿到喜餅的紙盒，那可就是華麗小洋房了。

中秋節前一天小姑姑從台北回來，帶了三盒鐵盒裝的月餅，我哀求了半天，終於拿到一個空的鐵盒子，盒子裡還留著墊月餅彩色的碎玻璃紙，可以拿來當紙娃娃的床。我的紙娃娃住進去超級豪華別墅了，中秋節過後上課，我帶著我的豪華別墅到學校，正當女同學驚呼我華麗的盒子時，美英從抽屜拿出比我大一點，顏色更豔麗的鐵盒子，她的碎玻璃紙更多。

從那次開始，我對漂亮的鐵盒子有一種難以言喻的情結。一九八〇年代，台灣的喜餅逐漸從傳統的紙盒改為鐵盒子，且逐年精緻美觀。結婚後，將近十年，我開始蒐集漂亮的鐵盒子，不管是中秋月餅、喜餅，或別人贈送的餅乾盒。有時在辦公室看到同事往垃圾桶扔喜餅盒，不免湧起一股要搶救回來的衝動，悵然的望著那個被我丟棄的盒子，宛如一棟豪宅被毀棄般。經年累月的蒐而不丟，家裡堆了幾大疊各式各樣圓的方的、大的小的，個個都是非常精美的盒子，但是十分占空間。家裡另一半虎視眈眈想處理掉，我總說會用到，例如放針線，放照片，小的可以拿來放在抽屜當隔間……其實，我是貪戀它們的美貌非實用，因此，只有一小部分真的是拿來使用，其他的還是堆積著，日久潮了生鏽了才扔掉。也不知蒐集多少鐵盒子，只記得一個小衣櫃堆得滿滿的，終於有一天自己都厭倦，全扔了毫不留戀。

我第二個蒐集的是小卡片，一九七〇年代夾在書裡當書籤的那種長方形小卡片。高四那年在台北市館前路的補習班，離重慶南路很近常去逛書店，書大半是站著看完，「儉腸捺肚」硬擠出一點小錢買小卡片，除了圖片設計漂亮外，裡面的文案更是挑選的重點，有詩意或富含哲理的更好。那時三十元可以買一本書，五元可以吃一碗陽春麵，五元當然可以買好多張的小卡片，製作卡片最多的是海山卡片公司。買著買著竟然也就累積到一張張串起來可以做一扇門簾。每天晚上回到宿舍總會貪看那一扇卡片門簾，連裡面的句子都會背；如：「

人生像是一條路，不知道會走到哪裡？」、「楓紅的秋葉是告別的顏色……」。

真的像是一種告別，離開補習班宿舍前，我將這扇蒐集了好幾個月的卡片門簾送給繼續留在那裡的一位高中生。

讀大學時，男友剛退役，第一份工作是在海山卡片公司寫卡片上的文案，此時我對卡片一點興趣也沒有。

第三個蒐集是火柴盒。和男友（服兵役中）第一次約會在西餐廳（那時的餐廳是可以抽菸的，每張桌上都有火柴盒），看到第一個和家裡使用的最普通的火柴盒很不一樣，有設計的圖案，顏色也繽紛多彩，於是一個又一個我著魔似的蒐集火柴盒。另外，也蒐集鋪在桌上的紙巾，和男友簽上日期帶回去寫給對方的信（男友退役後不用再寫信，餐巾紙就沒再蒐集了）；去餐館拿了火柴盒就走，假裝要住宿，在旅館櫃檯拿了火柴盒就閃人……蒐集了兩年多，大概有幾百個不一樣的火柴盒。有一次回家，買不到回花蓮的火車票，連走蘇花公路的客運車票都沒有，父親忍痛讓我搭飛機（是車票的十倍多），我的行李裝滿了數百個火柴盒，當然被扣下來。那種痛好像一刀斃命，極痛卻不纏綿，從此斷絕了我蒐集火柴盒的癮頭。

後來在報社工作常出國，莫名對木雕和陶器狂好，到任何國家任何城市，凡是面具、雕像、碗盤、咖啡杯，一個個帶回家，整個櫥櫃塞滿了咖啡杯，客廳櫃子全都擺滿了木雕和陶藝品。丈夫取笑我可以開餐館、咖啡或藝品店，而我最常用的咖啡杯或碗盤還是固定那幾個。又是幾年後，彷彿患了瘧疾，熱過便冷了。

這幾年，瘋的是野菜，不知哪個靈魂或前世跑回來暫駐，一頭栽進野菜圈裡，不管在公園，在校園，在路上，在田野看到野菜非摘不可。別人逛網路看的可能是日用品或服飾網站，我逛的是有機農場或蔬果網站，搜尋有無特別的野菜可買。在路上、在車上，我想的看的都是野菜，即使在火車上我也努力想看清飛馳而過的植物是哪種野菜，沒有和它們對眼相望，彷彿和老友相遇沒有打招呼。任何的旅行，任何長短的移動行走，我都要和野菜相認，野菜也似乎感染到我的熱情，也總會一一來和我唱名報到。

任何癮癖，就像女人懷孕對某種東西的貪念嗜食，非要不可非吃不可，而最好的方法就是順從意念，吃它、用它、擁有它直到膩了倦了，若還不膩不倦就書寫它，徹徹底底的、狠狠的寫一本書，花了一年寫了書不膩也難；自從我寫了一本野菜的書，對野菜的熱情至少減了一半。

到了知天命的年齡，貪戀成癮的物件愈來愈少，唯一還戀戀不捨的大概是衣服。愛買衣服不是癮癖，是女人的天性，因為衣櫥裡永遠少一件衣服，即使衣櫥爆了，心裡還是覺得那件最適合的衣服沒買到，市街、網站上永遠有一件衣服等著女人。

購衣添裳是嗜好，不是癮不是癖，不管以後耳順、隨心所欲的年齡，什麼癮癖都丟都戒了，衣服還是要買的。

時間之門

夜裡，十一點半，妳疲憊的一聲：我回來了。讓我懸著的心落坐下來。

望著妳高眺身軀沒入房門；那扇彷彿時間之門，使妳倏地長大長高了；從我的懷裡，從搖籃坐起，妳號哭拒絕爬行，卻興高采烈的駕著學步車，橫衝直撞飆到餐桌下，爸爸塞一口飯給妳，小叔叔餵妳一箸菜肉；妳飆到書房從我手裡拿了一只娃娃，然後妳像個鬧鐘飆到剛睡醒大叔叔的房裡……。然後，從時間之門出來，妳已是亭亭玉立的少女了。

妳急著長大。

十個月妳會走路會說：阿公走走走。一歲後指定爸爸或叔叔帶妳去散步，一直到妳進入小學就讀，妳走遍了松山區附近的公園和商圈。妳真的很愛走路，每次回溪頭阿嬤家，妳央著姑姑帶妳去大學池或神木，三歲的妳和姑姑走到大學池走到神木，妳堅持不要抱抱。回來，妳嚷著：好累喔。立即睡臥在往二樓的階梯。

妳是家裡第一個小孩，每個人都看著妳出生長大；妳出生時，姑姑打電話來問阿嬤，不是問生男生女，是問妳長得像誰？因為姑姑擔心妳長得像爸爸。妳長得像外婆，白皙高䠷，但是眼睛像爸爸瞇瞇眼。在外公眼裡，妳卻是最漂亮的小女生。出生後妳就在外婆家，外公每天抱妳去散步，鄰居笑妳高突的額頭下雨淋不濕。外公生氣的抱妳回家，跟外婆抱怨：這麼漂亮的小孩還敢嫌，莫非是眼睛脫窗？一歲後，我帶妳回台北，外公哭著把妳的所有用具全收藏起來……。

常常，我用小叮噹的任意門，把妳和妹妹的童年、青少年拆開來，一段一段的進出回憶。

妳喜歡說話，姑姑喊妳小麻雀，妳可以整天聒譟說個不停，對什麼都新鮮好奇。妳喜歡結交朋友，二歲時，妳看著幼稚園娃娃車或是路過公園旁的小幼稚園，總是眷戀的盯著，吵著要讀幼稚園。拗不過妳，妹妹剛出生帶妳去上幼幼班，一進園裡，妳衝進小朋友堆裡，毫不生疏的玩了起來，中午去接妳，妳嚷著要讀全天班，第一天妳就喜愛上學，不像妹妹，上了一年幼稚園哭了一年。四歲那年，對門搬來日本夫婦和小孩，妳很快的串門子和小男生玩在一塊，小男生有個十分特殊的名字：相馬光好。他和妳同一個幼稚園，有時妳感冒留在家裡，他也不肯坐娃娃車去幼稚園。一年後，他們搬走了，妳悵然好久。

我們都叫妳 Sunny，就像陽光一般；從嬰兒開始，妳總是燦爛地笑著醒來，興高采烈的嬉玩。妳的世界就是個童話；妳說妳是故事機器，吃飯嬉耍都要以故事的形式，每晚得餵妳飽足的故事妳才甘心入睡。外婆為了妳學著說故事，外公在門外扮大野狼，好讓妳在花蓮也可以填飽妳對故事的饑饞。兩個家族的愛集寵於妳，都認為妳是最漂亮最聰明的小孩。阿媽帶著在溪頭散步，妳指著溪裡的石頭說：石頭在游泳呢。阿媽說妳聰明得像爸爸以後也可寫詩；外婆稱讚妳伶俐像

媽媽。在花蓮有外公外婆和舅舅舅媽呵護妳，在溪頭有阿媽和姨婆疼妳，我很放心的在寒暑假將妳和妹妹留給他們照顧。從小妳就習慣遊走在三個家。也因為這樣養成妳浪遊的習慣嗎？

二歲時我們發現妳在叔叔的指導下，懂得分辨中國時報或聯合報，我們以圖畫方式教妳識字，三、四歲妳已可以自己閱讀童話書。一向被誇讚的妳，在剛讀小學卻遇到了挫折。妳讀的幼稚園都沒教妳ㄅㄆㄇ注音，全班就只有妳不會，老師沒有從頭教起，妳像個小傻瓜看著同學朗朗上口，只好盯著窗外，期盼早點下課。老師當妳是適應不良的小孩，妳以為全班妳最笨……我陪著妳一個一個認識注音，一遍一遍不斷的聽著錄音帶，重拾妳的信心。

三歲時，妳會問我妳小時候怎樣，五歲時妳會告訴二歲半的妹妹她小時候如何如何……。小時候真的離妳們好遠好遠了……無論從多遠的地方復返，我也必須走一趟妳的成長之路，若要證明昔日已不存在，書寫是有必要的；但我卻害怕書寫妳們，尤其是妳，愛走路的妳，似乎繞了一大段路，辛苦的走著。

什麼時候開始妳不再問問題了？

望著緊閉的門扇，我也思索著什麼時候妳開始關起心門？那是我的疏忽嗎？彷彿妳還是飆著學步車的小小孩，現在從門裡出來的人卻是亭亭少女了，那個仰著頭要我抱的小女孩不見了，那個故事機器的小孩也消失了。那是，我從朝九晚五的工作轉到日夜顛倒的報社上班，晚上是妳爸爸陪妳們，爸爸是「天生地養」的全然放任教育，和管教較嚴厲的我截然不同。妳的叛逆期，我正忙著新的工作。讀國中後的妳愈來愈沉默，妳的房門總是關著，妳唯一來我的書房是找書。妳在我書堆裡找書讀，我的書雜，妳讀的也雜。高中後，妳偏愛哲學和心理學，我們期盼妳讀文學，妳似乎不是那麼熱中，似乎刻意迴避，就連妳得了學校文學獎的散文第二名，還是在學校教書從小看妳長大的蕭媽媽告訴我們的。

更令我們訝異的是，兩個家族都沒有運動細胞的血源，卻讓妳瘋狂的愛上打籃球，以為妳讀了知名的女中，大概可放心了。誰知妳飆籃球飆到不參加儀隊、不早自習、不晚自習，甚至不上課……妳只看運動頻道籃球賽的節目，妳的書架上擺的全是我們陌生的籃球明星的書，每晚妳抱著球到附近球場找人挑戰。為了妳要參加籃球隊，我託跑體育新聞的同事安排妳見知名女性籃球明星，可是，妳起步太慢，得從國一開始，妳也不到一七〇公分，妳的籃球員夢碎了。但在網路上我們看到妳一篇一篇關於籃球賽的講評文章，有好多回應妳的，在這個領域妳得到自信，得到掌聲。這卻是我們並不認同的，妳以更決絕的態度和行動來逼迫我們的認可。

我們認為那是一條岔路，會走得很辛苦的路徑，但是狂熱的妳全力以赴，妳就像一頭堅忍的獅子，自尊自負，暗地裡舔舐傷口……。就像妳三歲半時，我跟著爸爸應邀到美國參訪數個月，把妳和未滿一歲的妹妹託給外婆照顧，我從車後窗看著矮小的妳佇立在門口，直到我們的車子消失在轉彎處。初始從美國給妳電話，妳總是興奮的說著，後來妳只要知道是我們打電話回來，就躲了起來，我們知道妳想念我們⋯⋯。

對於妳的大轉變，愛妳的兩個家族親人總是小心翼翼的探尋妳的狀況，我們含糊的回答，支吾著關心的話語。回到溪頭阿嬤家，妳總是把自己關在房內，或者早晚各一趟到神木區或走得更遠的山路，沒有姑姑陪妳，也不再是阿嬤帶著妳，妳也不要從小就崇拜妳的堂弟跟著妳，妳選擇一個人走，走離家更遠更險峻的路。我們只有等妳回到家，心裡才落實下來。

然後，妳著迷攝影，隨身帶著相機，有機會就拍攝。雖然妳一再更換網站，每次都是最喜歡妳的小叔叔去搜查出來，在網站上，我們看到妳一幅幅愈拍愈好的照片，有些照片上寫著妳的心情，妳的想法。或許，妳知道我們會去看，有些話是妳刻意寫給我們看的，透過這些話語我們更了解妳，卻也只能輕描淡寫的對妳說些鼓勵妳的話；我們彼此了然於心，妳了解我們默默的支持，我們也明白妳正努力走回妳該走的大路。

終於，妳慢慢的把門打開了，房裡雜亂不似妳國中時乾淨整齊得有條不紊，但妳終於日日夜夜伏案苦讀，把昔日沒讀到的功課飆回來。

總記得妳略過爬行直接學走路的模樣；在溪頭阿嬤家的和室，我和爸爸各據一頭，拿著布娃娃引著妳起步，沒有學步車的助力，妳只得搖晃、蹣跚的走，為了拿取我們手中的娃娃，很快的一天之內，妳擺脫了學步車學會了走路。然後回到台北的家，妳搖搖晃晃邁著肥胖的小腿穿梭在我們的房間，去叫醒貪睡的叔叔，爬上我的書桌抓著筆嚷著要畫字，或畫一個林柏維叔叔……。

日前，我們在公園附近的餐館吃飯。我指著公園那幾棵高大的阿勃勒，告訴妳那是妳很小很小的時候最愛玩的地方，七、八月間阿勃勒細碎的黃色花蕊如雪般飄墜，妳喜樂的跳躍在石塊鋪成的小徑，小手努力承接著紛紛墜落的花朵。我說，現在我彷彿還清楚的看著妳跳躍的身姿和妳如銀鈴般的笑聲。

我們開始聊起妳的童年，聊妳和妹妹小時候，妳又像小麻雀吱吱喳喳……。

如果真有小叮噹的任意門，我希望回到妳叛逆期，陪著妳走一段，不讓妳繞路，直到妳不再搖搖晃晃，直到踏穩腳步，行走自如。

恐懼的潮汐

某種記憶會像潮汐一樣，定期的湧現；恐懼，或者陰霾隨著屋外的風雨不斷的滲透著，那是童年的記憶，現在，也還是夢魘。

總是渾身濕透，瀑布似的水匹自屋頂的鉛鐵片縫隙倒入，一片片的屋瓦飛在空中，然後，兩扇厚重的木門被撞擊開來，風夾帶著水布般的雨勢，如水閘乍開……兩扇厚重的木門，飛向狂風暴雨的天空……。

木門並沒有飛搖在天空，這樣的夢境，如電影般，在七月，在八月，在夏季初秋，隨著夜的風雨淹進漫開。

風水輪流轉，颱風似乎也相信流年，總是幾年，或者十年的流轉；不管如何流轉，不管在他鄉或異鄉，不管木瓦房，洋房別墅，風雨交加的夜，陰鬱或者恐懼的心情擺盪著，纏夾著童年某種複雜的情緒。

六、七〇年代，颱風老喜歡從太平洋的某個缺口登陸進入花東地區，或輕或重造成一些傷亡、災情。花蓮人習慣年年颱風的造訪，但恐懼並未因習慣而稍減低。輕度、中度、強烈的颱風訊息，挑起花蓮人輕、緩、急的心情。那是年度的大事，一進入春末夏初，花蓮都有「迎接」颱風的心理，不過那也只能是心理，面對著強烈颱風可能造成的傷害，卻是一籌莫展；簡陋的屋舍、靠天吃飯的農作，窮鄉僻壤，人定不能勝天，就只能眼睜睜的看著被強風颳落的屋頂，即將收成飽滿的稻穗、青綠的葉菜，浸泡在水中，發芽腐爛；市街上損毀的招牌、倒塌的路燈路樹，和滿街的泥濘……。一個長長的夏季，颱風一次又一次，直到了秋天，彷彿太平洋的門關了，颱風只能隔著門板敲打再也進不來為止。

颱風進到我的記憶，大概是剛讀小學，或者更早。是對面阿金家的屋頂鉛皮，飛飄在空中，像一只無線的風箏。

那次，是強烈颱風。

幾天前，阿公就知道颱風要來了；黃昏落在屋頂上，天空藍得出奇，鑲嵌著一片一片粉紫或橙紅的雲布，瑰麗卻又詭異。一陣一陣溫熱的風吹得急，推走一匹又一匹綺麗的雲彩，天色紫藍得要淌出水來般，這一切的美麗，只是為了迎接一場殘暴的風雨。阿公抬頭瞇著被皺紋夾成一線的眼睛說：「大風颱要來了，天色不同款，那狐狸精哩。」在阿公的語彙裡，狐狸精就是美得不像話，美得帶威脅，美得可能家破人亡。阿公低頭看看田埂，地上一股濕熱，螞蟻倉皇四處奔走。「會做大水囉」。他要阿姆把養在屋後竹園裡的雞鴨關到地勢較高的豬圈，特別叮嚀伯父和爸爸是大風颱、雨水多。

百年來的經驗，花蓮人當然知道強烈颱風的威力，從觀天象、雲層的流動、田地的濕熱，以及收音機的氣象報告。雖然無法改變颱風的強弱和路徑，至少可以減損傷害。農人要提早收成，及早把尚未收割的禾稻納入稻倉，菜園的菜蔬能摘採的盡量摘採；颱風的前一天或前一晚，用木板條封嚴每扇窗牖，修補屋頂已毀壞的瓦片或鐵皮。最重要的是「料地牛」，這是花東人家每戶必備的防災設備；在每戶屋前的水泥或土泥院子、稻埕裡，深深埋著一個粗鐵環，環圈露出地面，尖錐型的屋頂，從屋後緊扣著一條極粗的鐵勾繩繞屋頂盤到屋前勾住地面的粗鐵環，以綑住屋頂避免被強勁的風雨颳走。屋內的木門以二根粗圓的木棍如門閂般扣緊，以防被強風掀撞開來。

即使有嚴密的防颱措施，阿金家的屋頂還是被颱風掀走，飛在半空中像一只風箏。那次，颱風罕見的在白日午後登陸。才剛放暑假，一早和阿金玩踢毽子，大人忙著料地牛釘窗牖，連牛隻、雞鴨都得關得牢牢的。近午雨勢愈來愈大，我們也像家禽一樣被趕進屋裡，封嚴的窗戶不太透光，屋裡黯烏烏的。陣陣強風颳得窗戶嘎嘎響，小石般的雨水擂鼓似的敲擊著鐵皮屋頂，擂得爸媽心裡忐忑不安。父親巡視著屋裡上上下下的每一處，廚房的牆壁滲了一絲絲的水漬，和室的屋頂也開始滴滴答答的墜落水滴，母親拿了小鐵罐接漏水，我趴在和室小矮桌上，臉緊貼著窗戶，透過木板條間的縫隙看著屋外霧茫茫的風雨，一塊灰黑的鐵皮如風箏般飛舞在空中。這幕情景至今一直成為公案；母親認為我太小記憶有問題，父親說窗戶外的木板條釘得如此密，我不可能看得到那塊鐵皮被風颳飛。但是，那年，那次的颱風，阿金家的屋頂的確被風颳走了。

那天中午阿金一家已被斜對面的村長接去避難，村長就住在我家隔壁，是我們這一鄰十八戶中唯一水泥洋房，每次颱風登陸時總有幾家人在那兒避風雨。阿金說，那天她也看到她家的屋頂像風箏飛在半空中，她竟然為了這樣的畫面而興奮。對於不諳世事小孩，颱風前後的確有太多有趣的發現和玩樂。颱風前看著大人忙上忙下焦慮得像鑽動不停的螞蟻，我們感染到那份躁動的氣息，喜歡那份「有事情將要發生」的氛圍；難得一次颱風在白天登陸，這個正在進行中的事情，七歲的我當然不會感受到強烈颱風可能造成的災害，我好玩的透過窗板的細縫觀察風雨的行徑，雨像灰濛濛、輕飄飄的紗巾，被風一片一片的吹走，就不知道為什麼落在屋頂會如爆豆似敲擊著。坐在榻榻米上，我注視著屋簷滴落鐵罐一顆一顆速度愈來愈快的漏水。鐵罐也從一罐到六罐，和室、客廳、爸媽的臥房，滴豆滴豆，像極了和尚敲著木魚。

颱風後，稻埕滿布著樹枝樹葉和殘破的家具、鐵皮，以及雞鴨的屍體。大人開始搶救最後的剩餘價值；女人們趕緊宰殺剛氣絕未久的雞鴨，到屋後倒塌的竹林採割竹筍；男人撿拾可用的家具、農具，有人甚至冒險到海口撿拾漂流木，秀雲的爸爸就是在撿漂流木時被海浪捲走，二天後才尋獲屍體。我們也加入搜尋可用的物品，忙碌鑽動得像無頭蒼蠅。

我不記得那次的颱風我們家是否災情慘重，只知道停電了幾天很不方便，而僅有的記憶卻是翩飛風箏的畫面和滴豆木魚的聲音。再來對颱風的記憶逐漸摻雜了不安、恐懼和陰霾。很深的夜，風雨好似一口一口噬咬著屋瓦般，黝黑的屋內，滴豆滴豆的漏水增添了煩躁不安，害怕那一顆顆滴豆的雨水會散擴成一河的雨布，破屋而降落。媽媽、我和弟弟死命的護緊兩截木門，緊緊的扣住木門和狂吠的風雨較勁，抵死不讓屋外那頭黑猛的野獸侵入。

那次，阿清和阿財的家全毀，房子攔腰被截斷，露出內臟似的濕漉漉的灶、桌子和木炕床。

我不記得阿金阿清阿財的家後來怎麼修復，總之在我們讀高中後，鐵皮屋或日式的瓦房逐漸改建成水泥洋房。堅固的鐵門、水泥牆，減低了我們對颱風的恐懼和不安，但是心底的陰影仍在，颱風還是隨時都可以破門而入。

定居台北後，好像有一段時間，颱風對我像一座冬眠的火山，未來干擾生活。風雨的夜裡擾人的是暴風雨撼動窗櫺的嘎嘎聲響。颱風被阻隔在一棟棟高樓之外，如果不是那場三十年來罕見的淹水。

一九八七年十月二十四日，中秋節都過了，颱風該被擋在太平洋的門外。中秋後的颱風幾十年才一次，我們有幸碰上了。入夜發布了琳恩颱風將掃過，風雨增強，第二天放光復假不用上學不用上班，幾個朋友和小叔、小姑、大弟聚在一塊，準備一些消夜吃食，大家彈吉他唱歌、玩橋牌，掩蓋了如瀑布般的雨水聲。深夜停電，大家才不捨入睡。

「淹大水了！哇，淹大水了！」大家在驚呼聲中醒過來，從七樓望著中庭，如一汪烏油似的湖水，漂浮著汽車的車頂，家具、衣物、鞋子像雞鴨泅游在水面。童年再大的颱風，並未碰到淹水，面對如池塘般的中庭，初始有著新鮮和興奮的感覺，大家依舊唱歌打牌，但到了傍晚水並未退去，事前並未囤積糧食、用水，停電停水，十來個人的晚餐用甫鋪地板後剩下的小木塊在後陽台著火，煮著僅剩的麵食，一壺開水儉省著喝，有菸癮者撿著菸灰缸裡的菸屁股湊合著抽。夜裡大家焦躁難耐，仿如困獸，全無心情彈吉他唱歌，撲克牌拿來當火引。

第二天終於水退了，我們像難民一樣，逃到了沒有水災的地區用餐。餐廳裡人聲鼎沸，完全忽略我們的受困，讓我們恍若隔世，十分的不真實和委屈。其實，那次颱風並未登陸，對北台灣的災情竟是受到颱風外圍環流及東北季風雙重影響，造成北部地區近年來最嚴重之積水，尤其松山、南港、內湖、汐止一帶最嚴重，有人員傷亡及失蹤。

爾後，颱風的恐懼感一年一年的回來。二〇〇一年九月十七日納莉颱風，和一九八七年相似，事隔十四年，我們的中庭再度成為一汪湖泊，其中一輛漂浮的車頂是我們的。郊區的房子一樓車庫和廚房堆了十公分高的土泥……。颱風再度如噩夢，此後年年颱風，我總在夜裡數次探視中庭，心裡擔心著郊區的土石流。

某種記憶會像潮汐一樣，定期的湧現，年年的夏季，漂浮水面的車頂，土石流在風雨的夜裡盤旋……。

聆聽，黑暗中的聲音

我們看得最清楚什麼是美麗。鴻祥這麼說。

我努力的緊閉雙眼，不讓光，不讓影像透入瞳孔。然而，我始終無法進入純淨的黑。像是隔著宣紙，糊白色的光在眼皮浮動，一張黑色紗巾濾過光源，灰黑的細微光粒子搖搖晃晃；我不可能走進他們的世界，甚至連模擬都做不到。

非洲布希曼人一直相信，長頸鹿是太陽探出地平面時的指引；太陽還沉落在地底時，布希曼人以為長頸鹿是一座黑暗中的燈塔，有了牠超出地平面的頭頸，太陽才能辨識方位，才敢不畏懼黑暗露出地面。

視盲者是否也有一隻長頸鹿？

第一次阿勇的手搭在我肩上，輕得沒什麼感覺。我好奇的是他如何算準階梯的高度，如何僅憑著我肩膀輕微的起伏，跟著我精準的上下樓梯、上車下車。而我卻是十分地草率，經過旋轉門，我少算了拖在他身後的行李。幾次粗心的誤失，我於是明瞭，身體的律動瞬間在他們的心底轉換成高度、速度，一如打造鑰匙的模擬機器。因此，在巴黎車站追趕開往倫敦的歐洲之星時，蕭煌奇可以一步無誤地和我及時趕上即將開動的火車。

阿勇說：小學一二年級時，我還是弱視，那時歌星高凌風正紅，我學他蹦蹦跳跳，阮母仔罵我著猴。我看不出他有些許的悲傷或眷戀。像一堵完全可以封閉的牆，所有的色彩全封鎖在記憶裡；紅橙黃綠藍，一塊塊的色彩貯存在黑絲絨布上，顯得格外的醒目與對比。而母親年輕的身影十多年來，就是存放在那口鋪有黑絲絨布的記憶箱底。阿勇特別強調：真的，十多年來，我還清楚的記得高凌風的樣子。八歲以後的記憶都是聲音和氣味。用聲音辨識人群、社會，用氣味區分周遭的親友，然後，雙手觸探，摸索著社會的明暗。

比起阿勇，阿斌連自己的家人的樣子都不復記憶，在他還沒有能力記憶影像，他的世界就是全然的漆黑。彈著電吉他，身體隨著音律扭動，阿斌常常忘情地沉醉在音樂中，只是他擔心：身體的扭動好看嗎？我不知如何回答他，就像我無法告訴一個天生聾啞者，他的發音是否正確。那是一種帶著害羞和不太有信心的扭動，卻也是最自然，最不矯揉的身體律動。所以，我說我喜歡那樣的扭動，別人學不來的。阿斌會打門球，還曾代表出國比賽。他細心地解釋什麼是門球。簡單的說，就是盲人的足球，不是用踢的，藉著丟投後，球在地面滾動的聲音，辨別球位，最終和足球一樣把它投入球門。蕭煌奇則是柔道黑帶二段，曾在殘障者奧運比賽中獲得亞軍獎。以為視盲者只能從事較靜態的活動，想像阿斌打門球和蕭煌奇摔柔道的樣子，竟然十分卡通似的轉化成日本的盲劍客打門球和摔柔道的畫面。

或者，我們也可以用文字表達心底的感受。弱視的柏毅感慨的說。所有人在他的眼前只是模糊的面貌，看不清黑徹的眼眸，鼻唇的線條。但是，他說我要多看，也許幾年後，連模糊的光也沒了。隨時散發著清淡的檀香味道，我能理解柏毅喜歡香水的心理。香味也是一種形貌。在阿姆斯特丹國際機場，五個弱視及盲者以嗅覺和觸覺購買香水。弱視的柏毅和鴻祥特別尋找自己喜歡的品牌，品牌是文字，是有香味的文字，也是他們對視覺最後的渴望吧。

嗅覺和聽覺一樣都是盲者用來代替眼睛，即使沒有聲音，蕭煌奇一樣可以辨識什麼人，因為每個人都有自己的體味，和香水無關。國中後才由弱視變成全盲，後來開刀稍有改善，維持不久再度全盲，對恢復視覺，蕭煌奇並不是那麼期盼。音樂卻是讓他神采飛揚；法國第八大學戲劇系的小劇場，學生瘋狂的隨著蕭煌奇的歌聲舞動，兩者的互動全然不必語言，不必翻譯直抵心靈。行走在倫敦大橋上，我隨口問著：有什麼特別的打算？蕭煌奇說得很謙虛。他說：唱歌、作曲，然後想做一些對盲胞有助益的事。我想起史帝夫．汪達，只是這樣的期盼有些制式，忍著不說。蕭煌奇和其他四位成員都還年輕，樂團取名為「全方位」可能就是不願自限的心境吧。

純淨的黑暗，令人害怕；然而，沒有浮光的烏黑，令盲者心純淨。聲音和觸摸是盲者識物認人的管道，唯有淨心才能聽出和摸出物品的形和人的影像；每一種的聲音都像一條清晰的音河，直流入他們的耳膜。隔著長長的餐宴桌，細碎吵雜的交談聲，彷彿一張網狀似的音波，我們用眼睛應酬，以為交談的聲音只停落在彼此的唇耳間。不防，蕭煌奇向遠遠的桌角問道：小阿姨，我和道你們在談我。網狀的音波自理成一條條清晰的河流向他們，他們用心整理出每個人的形貌和年歲，然後類別歸檔。

比較熟稔後，我常藉著帶路，領著他們去觸摸新奇的物品。我想，即使不辨形色，觸摸的方式也有「到此一遊」的功能。踏出慕尼黑機場，幾日的大雪已停，初露臉的陽光灑在路邊的雪堆，我讓阿勇他們去觸撫地面的殘雪。其實和銼冰沒兩樣，但這是慕尼黑的初雪。在藝品店中，弱視的鴻祥眼睛和咕咕鐘幾乎貼在一塊，兩隻手邊觸摸著如屋頂般的鐘形和小鳥、小木人；黑森林的咕咕鐘在他們的心中已然成形和鳴響。

聖誕節對非教徒的我們，只是聖誕樹和燈飾的表徵。而當阿勇和阿斌他們參觀過好幾座知名的大教堂，和聽聞教堂厚重嘹亮的鐘聲後，也在他們的手滑過那扎人，還沾著雨水的聖誕樹、各種巧克力棒、裝飾品，以及收納聖誕市場沸騰的人潮聲後，聖誕節終於在他們的心中組合了西方節慶的雛型。

走過正在整地的工地旁，阿斌說，陽光好強。我則被雪的反光刺得睜不開眼。你的眼睛感覺得到陽光？阿斌一定覺得我問得太天真。是溫度的感覺。我忽略了他們也有極好的膚觸。

在阿爾卑斯山的山頂，我想如果他們也在這裡，能否感覺到雪光的折射，山的高度，空氣稀薄？我相信，他們心中都有一隻長頸鹿，一定能環視阿爾卑斯山群的美麗和壯闊。

黑暗中，色彩特別顯得鮮豔，聲音特別清澈。黑絲絨布的畫面，影像如此的清晰明亮。當我再度閉闔雙眼，我聽到風微微拂過枯葉的聲音，我看到天暗下來後，雪花蒸騰的霧嵐暈染著天際，狹而長的道路綿延成一條粗黑麻繩，劃過白茫茫的雪地。黑暗中，我看得很清楚。

關於美麗，我終於相信，他們可以看得比我清楚！

輯三

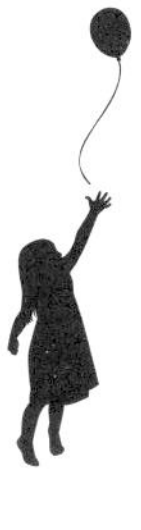

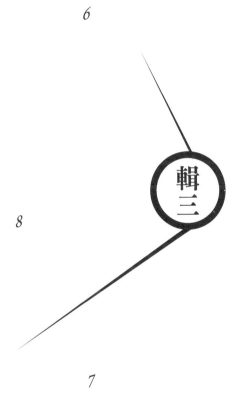

也是一種後現代飲食——白斬雞

母親擅長炊煮，但十分不願做粿食蒸糕之類；在粿、粽、糕餅得自製的年代，母親總是能不做就不做，或是敷衍了事，像中元節阿嬤交代一定得有油飯，母親將白飯填滿半個碗公，倒扣在盤子呈半圓形，圓頂抹醬油嵌上幾個蝦米，蒙混油飯。母親說意思到了就行，好兄弟要吃油飯到隔壁阿姆家。

記憶裡，母親只做年糕、發糕。我很羨慕表妹，阿姨家是大家族，因應逢年過節，什麼粿食糕點都有，草仔粿、芋粿翹、菜頭粿、粉粿、鹼粿、九層炊……，這些母親統統不做。或許就因為母親不做些粿食，讓我有匱乏的心態，至今我特別偏愛這些粿食。

過年，年糕、發糕非做不可，尤其發糕的出爐顯示著新一年的旺與不旺、發與不發，離外婆家只要走路五分鐘，所以年節的粿食或燙煮雞鴨幾乎都是在外婆家；外婆家有一間單獨於日式房舍外的大廚房，同時可供三、四人一起工作；有碗櫥、儲水大缸、洗切菜的石槽，還有一個小圓桌做為食材放置或做好的菜暫放區，當然有大灶，灶上三個炊煮的灶炕，一個煮飯一個炒菜，另一個大灶炕則是滾煮豬菜或燒熱水洗澡，年節時就用這個大灶炕炊攪年糕和蒸發糕。大灶坑的後方有儲物坑，經常置滿劈好的木塊或乾稻草方便取用。

我和弟弟都很喜歡母親在外婆家的大廚房蒸糕做粿，熱烘烘的廚房充滿米食的香味，剛出爐的粿食特別好吃。大灶炕放上一只大鐵鍋，鍋內加水置上蒸籠，一碗碗在來米漿，一、二十分鐘後就蒸出一個個發糕，這時，母親會趕我們出廚房；如果發糕發的不夠不是裂成漂亮的十字花，起鍋時我們毫不修飾的直說：「嘸發耶！」這叫觸霉頭，來年不發怎行！絕對會挨母親一頓罵。孩童好像永遠學不會「說好話、說假話」，所以趕出廚房是最好的方式。

大灶炕除了蒸發糕和年糕外，最重要就是汆煮雞鴨。除夕一大早母親和小阿姨已宰殺好堆疊一大盆雞鴨，另一盆是一條條清洗乾淨的五花或三層肉。這時不必母親囑咐我會自動在灶爐前添柴火。鐵鍋夠大，一次放入三、四隻雞鴨，縫隙還塞入一、二塊五花肉。除夕時經常是分兩、三鍋，燙煮七、八隻雞鴨（有時還有鵝和火雞），以及好幾條的五花肉，整個廚房瀰漫著熟雞鴨香濃的味道，引來弟弟和表弟妹不時探頭，因為幸運的話，母親心情好會塞給我們一小塊煮熟的肝、胗、母雞肚裡的卵或公雞的雞胇。那鍋「兩隻腳和四隻腳」熬煮出來濃醇的肉湯，真是「又油又香」；過年必備的長年菜分去了四分之一鍋，桂竹筍滷福菜乾也分去了四分之一，肚片酸菜湯又分去了四分之一，剩下的四分之一燉蘿蔔湯。

黃橙橙油亮的雞鴨和湯鍋把廚房塞得滿滿，香味四溢，在宅園嬉玩的我們被誘得饑腸轆轆，恨不得天快黑，母親快點祭拜祖先，圍爐夜晚就有一桌豐盛的魚肉。從除夕夜到年初三不消三天這一整廚房的食物全都吃光光；五、六〇年代，逢年節才有大魚大肉，一天絕對可以啃掉一、兩隻雞鴨和三、四條五花肉。這些雞鴨、五花肉偶爾拿來炒醬油外，幾乎都是白斬、白切，沾醬油或醬油膏拍點蒜末，全家埋頭大啖，吃得盤底朝天、徹底「骨肉分離」。

母親那輩還有一絕，就是剁雞和擺盤；煮熟的雞鴨從肚腹中央剖開，如庖丁解牛，切開翅膀、腿腳、脖子、頭，然後如屠夫快、狠、準刀刀剁到底，擺到盤中則是累趴了攤平的雞。白切肉則似骨牌塌在盤中列隊排開。

不知是童年味覺養成，還是懷念那鍋濃郁的雞湯，我不嗜肉類，唯獨鍾愛白斬雞和白切肉，這兩年經常到傳統市場買土雞，依照母親的方式，快火煮五、六分鐘熄火悶三、四十分鐘，或是，大火四、五分鐘，最小火悶十分鐘，然後起鍋趁熱抹上一點酒和鹽，涼了再剁切。焦桐在《臺灣味道》中提到喜歡去的土雞城餐館，「那白斬雞的做法乃是先煮五分鐘，熄火，續悶二十五分鐘。」和母親的做法大同小異。

有時為了取雞湯，我用電鍋不加水也不加任何蔥薑佐料，隔水蒸

三、四十分鐘，倒出湯汁，涼了放冰箱隔天刮去上面一層油脂（可用來炒菜），加熱就是好喝的純雞湯。女兒最愛趁熱撕著雞胸肉，不沾任何醬料，味道鮮甜，其實不輸給悶煮的白斬雞。我不擅刀工，對於白斬雞經常是剁得「纏綿悱惻」，三、四刀後雖是斷離卻常是「支離破碎」，而且大小不一，當然就更不用提擺盤了，不請客自家人食用時，乾脆就用「手扒雞」的方式。

有人說歷史的懷舊也是一種後現代的飲食；炸雞、雞排攤位到處林立，白斬雞卻是中年人的最愛，或許這就是懷舊吧；四、五年級生的童年必然家裡或外婆家都有一口大灶，炊煮出年節時的粿食和白斬雞、白切肉。白斬雞是台灣飲食文化非常重要的菜餚；婚喪喜慶宴席都會有一道白斬雞，年節祭祠、家裡請客也一定有。從農業社會到後現代，服飾混搭、食物混吃，餐館複合式經營，川菜館可以點客家小炒，有更多是創意料理。但提到台灣料理，白斬雞還是最具代表性。

是記憶的「過濾」，還是童年真的是物質匱乏；吃過無數的白斬雞，即使也是母親悶煮的，仍覺得外婆廚房裡那個大鐵鍋的湯汁最香，白斬雞、鴨、豬肉質最鮮美。我想，是廚房的大灶，是木塊的樹脂香氣，是混煮了好幾隻雞鴨和豬肉湯汁的濃郁氣味，是渴望大快朵頤的心情；美好的食物，美好的時光，好像總是在孩童，那個遙遠的年代。

銅鍋與筍干

鄉愁最先引發的恐怕是口味，尤其是「有媽媽的味道」的食物；女人的一生有一半的時間想念著「媽媽的味道」，另一半時間燴製了屬於自己的「媽媽的味道」。在想念「媽媽的味道」起始，開始學著燴炊兒女想念的口味。一頭執著母親的炊膳想念，另一頭揪扯著子女腸胃的牽掛。

最深的鄉愁，也是最濃烈的媽媽味道，是媽媽最擅長的年菜！匯集了一年的想念，如長河般色香味潺潺流淌在歸鄉路。母親也用食物的香味牽領回四散他鄉的子女。

因為地區的相異，因為族群的不同，每個母親都有自己的炊食方式，飲膳文化其實就是母親創立的飲食生活模式；繁複、簡單、清淡、濃郁，酸甜苦辣，卻都是子女最合脾胃也最想念的飯菜。

花蓮，早期叫後山，山脈的另一邊，我們叫山前。花蓮一個移民開墾的縣市，飲食習慣雖然沿襲著西部、南部或北部口味，然而彙整不同族群的生活，吃食混雜後，逐漸演化出屬於這個地方的特色。

高中畢業離開花蓮來台北唸書，才知道原來十八年來養成的飲食習慣就是家鄉的口味。在學校鄰近的自助餐上，一道道的菜色上尋找媽媽的味道，好像在覓尋一條條回家的路徑。有一道菜，我始終找不到，那是年菜，其實只是一道湯，寒冬的除夕夜圍著它溫暖，也象徵著團圓。

我們叫這道湯菜為「火爐」，不是取暖的火爐，也叫火鍋，和現在的火鍋不一樣。基本上它不是菜是湯，也不是吃到飽。爐的樣式和現在的酸白菜火鍋幾乎一模一樣，銅製或鋁製，火口沒那麼長，也是加炭塊，注入白天川煮雞鴨鵝豬肉的湯，丟入酸菜肚片或大白菜、茼蒿，冬天菜易冷，圍爐飯要吃久一點，至少湯是熱的，尤其往往女人和小孩早吃飽了，男人還在喝酒聊天，有了這個火鍋不必老是熱那些冷掉的菜，只添加一兩次炭塊或菜蔬即可。

大家庭二、三十個人，平時吃飯小孩不上桌，添了飯夾了菜到客廳，甚至在院子和鄰居小孩一起嘻嘻哈哈鬧著吃。除夕圍爐就得全家上桌，窄仄的廚房裡硬是擺了兩桌，小孩和女眷一桌大人一桌，小孩這桌沒有火鍋，因為銅製火鍋只有一個。要喝那鍋熱湯得大人們服務。小孩沒耐性，早早大吃桌上的各種難得同時出現的肉類，不會去喝那個燙得要命的火鍋湯，吃過飯拿壓歲錢比什麼都重要，總是盼望著火鍋熄火大人就會離桌發紅包。年初二女兒女婿回來，照例的也要再喝酒閒聊。那個銅製的火鍋一年就出來這麼兩次，然後就被收藏在不見天日的櫥櫃裡。

國中時，父親的兄弟分家，從大家庭變成小家庭，阿公阿嬤跟著大伯父住在老家，大家各自過年，除夕夜吃著母親特地為我們做的年菜，沒有人去在意有沒有火鍋。

如果不是在異鄉求學，大概不會去想念那個火鍋。愈到深冬愈是想念那個熱騰騰的銅鍋。大三時台北剛流行吃火鍋，舅舅說帶我去嘗鮮，心裡想的是童年的那個銅鍋，喝熱湯吃點菜肉，心裡直嘀咕喝湯怎麼會飽？台北人吃食真少。

小瓦斯爐上的圓鐵鍋冒著氣，桌上擺滿了各種薄肉片、丸子和蔬菜，拿了小杓子燙肉燙菜，在濕冷的冬夜吃了一身汗，也塞滿了一肚子食物，卻總覺得少了什麼。

寒假回家，從母親那兒得知那只銅火鍋仍在阿嬤家，但聽說也不用了，母親說用瓦斯爐或電磁爐方便多了。母親和其他家庭一樣，也開始在冬天或年夜飯上擺上火鍋。

滿桌母親拿手的年菜和豐富的火鍋，我仍覺得少了什麼。直到品嘗到宜蘭菜「西魯肉」才明白，現代火鍋不只是少了炭火，還缺了炸好的蛋酥；西魯肉，其實是什錦菜，把肉絲、香菇、大白菜等數種食材炒過後加入高湯燉煮，起鍋前撒上剛炸好香味四溢的蛋酥。可以當一道食材豐盛的年菜，也可以簡化當湯品。

早早走入婚姻，走入一個飲食習慣和娘家不同的家庭。在中央山脈另一端的南投，產竹子產茶葉產地瓜。婆婆不像母親善於炊食，食物簡單做，年菜也是如此。新嫁娘面對一桌陌生的年菜，有著不知如何舉箸，即使長年菜也無滋無味。唯一吸引我的是那鍋紅燒筍干，那是我之前從未吃食過卻立刻愛上它的肉菜。

婆家賣特產，筍干隨取即有，從新嫁娘到接手負責年菜，年年圍爐都得有紅燒筍干。年菜是心靈也是口欲的補償，二十多年來，婆婆的紅燒筍干，也成了我另一個「媽媽的味道」。

其實婆婆的紅燒筍干做法很簡單，用竹山特產如巴掌大的筍干片，泡水一天一夜，盡可能漂掉浸泡的水，屢屢更換新水。泡好的筍干片厚潤有彈性，切條再切成一口大小的片塊，和五花肉、蒜白、調味料燉煮兩三個小時入味即可。冬天出產冬筍，婆婆會再煮一鍋新鮮的冬筍湯，兩筍的料理是必然出現的年菜，沒有這兩道湯菜，就像沒有過年。這兩道菜在燉煮中婆婆堅持得加入「醬筍」，一種醃漬的筍，綿軟甘鹹，是煮湯最好的提味。

幾年前，婆婆年歲大了收了特產店，紅燒筍干缺席了，獨留冬筍湯獨撐局面，面對自己做的滿桌新式年菜，我還是覺得少了什麼。小孩習慣了媽媽的菜色，有沒有紅燒筍干無所謂，大人們開始懷念那甘潤浸飽肉湯的筍干，一個餵養了數十年突然斷絕的味道，滿嘴魚肉總還是不足。

這兩三年來，改回娘家過年，回到童年母親拿手的台菜。為了滿足父親、我和弟弟的口味，母親辦桌式的白斬雞、鹽水鵝、快炒花枝、什錦菜、麻油腰花陳列一大桌，弟弟大嚼難得的「媽媽味道」，我竟然隱隱約約湧現味覺鄉愁；沒有紅燒筍干，更沒有冬筍湯，一絲絲的想念著另一個「媽媽的味道」。

我也知道，女兒更想念著屬於她們的「媽媽的味道」，不是外婆的味道。

小人國的鹼粽

傳統農業社會十分仰賴二十四節氣，依著節氣裡播植不同的蔬果穀類，也依著節氣過節、過年；不同的節慶有不同的糕點粿食，是民俗也是飲食文化。因著便利商店、超市、小吃攤、網路愈來愈方便，隨時都可以購買到任何想要的食物，不分季節，不分時間。因此，節慶的民俗性逐漸消失，糕點粿食也減損了其獨特性與吸引力。

我不是很重視年節，多半虛應故事。但端午節我總希望能嘗到「小人國的鹼粽」。

端午節又叫「端五節」、「重五節」、「端陽節」、「重午節」、「蒲節」、「天中節」。台灣民間則俗稱「五月節」或「肉粽節」，也是詩人節，從紀念屈原而來。

端午節吃粽子的最早記載是東漢，叫角黍，是用黍米包成牛角狀，夏至祭祀用；粽子被正式當作端午節粿食是在晉代；南北朝有雜粽；到了唐代才有糯米粽。

農曆五月正是春夏節氣之交，天氣開始炎熱，癘疫叢生，為了驅邪避毒，保健平安，延伸多種的習俗，如吃粽子、划龍舟、掛艾草、香包、立蛋，喝雄黃酒扯出白蛇與許仙的故事。端午節那天真的很熱鬧，要做的事實在太多了。

再多的民俗還是比不上吃食重要；單是粽子就有十數種之多。不同的族群、不同的縣市，就有不同的粽子，也隨著時代、社會的變遷，創意加口味，餡料也五花八門。

結婚前，我一直以為粽子只有三種：肉粽、粿粽、鹼粽；肉粽是糯米蒸熟和炒香豬肉、乾蝦仁、香菇拌勻包入粽葉，再略蒸一下使粽子滲入竹葉的香氣（北部粽）。粿粽是米漿壓乾後揉成粿團，再捏成小塊包入炒肉粽的餡料，再放蒸鍋蒸熟；鹼粽是將泡了水的糯米加鹼粉包入粽葉，然後放入滾水裡煮熟。小時候不愛吃鹼粽，鹼味有些微的苦，不像肉粽與粿粽來得香，除了新仔姆的小人國鹼粽。

婚後，鄰近婆婆的大姐住處。端午節前一天大姨都會送來一串剛包好的肉粽，我們當晚餐也解饞。剝去粽葉，盤子上的粽子淡淡的棕白色，像是沒曬過太陽的，少了健康的褐色，味道清淡些，口感較濕軟；母親包的肉粽味道極香濃，像油飯般的Q實。

原來大姨包的是南部粽，是泡過的糯米不經蒸或炒熟，直接放入粽葉，填上餡料蒸煮到熟。吃慣母親的北部粽，初始對於南部粽有些不習慣，後來逐漸迷上南部粽的口感及濃郁的糯米香混著竹葉香氣。

後來從同事那兒更知道，客家粽和閩南粽也不同，南部粽和北部粽相異，廣東粽和湖南粽也不一樣。一個小小的島嶼，充滿著多種的粽子，口味和口感略有差異，唯一相似的是都使用糯米，都是用竹葉。

我不會包粽子，多年來端午節的粽子多半是親友贈送或購買的；十多年報社工作因素，晚睡晏起沒什麼機會去傳統市場，家人對粽子的喜好不大，有就好，沒有似乎也無所謂，因此收到什麼粽子，就吃什麼粽子。除了大姨，收到贈送的粽子多半是北部粽，餡料也有很大的差別，甜鹹都有，曾經還有過干貝與鮑魚塊。

我不包粽子，因為總無法捏塑出漂亮的菱錐狀；其實，粽子的形狀有好多種，大小也懸殊。宋代陳元靚《歲時廣記》：「端午粽子，名品甚多，形制不一，有角粽、錐粽、菱粽、筒粽、秤錘粽、九子粽……。」台灣不管什麼族群多屬菱錐形，而湖南的長沙粽則是長形綑了一圈又一圈的粽繩。

粽葉能使粽子滲有竹葉香，同時也有包塑粽子形狀的功能。種類有荷葉、月桃葉、芭蕉葉、蘆葦葉，這幾年北埔等客家庄有人用野薑花葉來包粽子。

台灣常用的粽葉大抵是兩種，一是麻竹筍的青綠葉子，現採青綠色和曬乾的灰青色，曬乾的多半用來包肉粽或粿粽；青綠色現採的最常用來包鹼粽，綠色的葉片和黃色的鹼粽，的確賞心悅目。麻竹葉闊而長，兩葉頭尾相疊對摺成漏斗狀，就是盛糯米最好的容器了；另一種是黃褐色的竹葉，是桂竹成熟即將脫落的外殼，也稱桂竹籜或筍籜，這種竹籜也就是用來做斗笠的竹葉。竹籜較麻竹葉大且厚，包一個粽子只要一片就夠了，也因厚而耐蒸不易破損，便利商店、小攤的粽子多半使用這種。

現在包粽子大半是用棉繩，我比較懷念用鹹草做的粽繩，鹹草就是藺草，又名三角藺草，或石草。五、六〇年代，用鹹草編製成草袋非常普遍，家庭主婦上街買菜的草袋，而小販綁青菜、包魚肉的姑婆芋葉也都用鹹草綁緊；家庭日常用品，席子、帽子、扇子、坐墊、榻榻米……都是藺草。

年歲漸長，口味也有些改變，有的回到童年，有的趨向清淡，肉粽並非端午節的必需品，但是這幾年我總會在端午節當天稍稍早起，到傳統市場買粽子，買粿粽與鹼粽，這兩種粽子平時超市、大賣場是買不到的。買粿粽是喜歡「粿」的口感，也是懷念童年的滋味；大多數的粽子是熱著吃，鹼粽則是冰過後最可口，適宜的鹼粉有著微苦的回甘，軟而滑、冰涼爽口，沾上蜂蜜或黑糖尤佳，在初夏溽熱的午後，有消暑怡心的作用。

中年後愛上鹼粽，主要是懷念童年鄰居獨特的小鹼粽。

每年鄰居新仔姆包的鹼粽像童話中小人國的粽子，就連綁在上面的鹹草都顯得粗大。有肉粽可以選擇，孩童都不吃鹼粽，但是新仔姆包的小鹼粽卻是每個小孩都想嘗一口。父親說新仔伯後院種烏腳綠竹筍，不知為什麼葉子較一般的烏腳綠筍葉小。所以他們家的肉粽和粿粽是用桂竹籜包的，鹼粽則用烏腳綠竹筍小葉子，包起來的粽子大概是一個李子的大小。因為小巧，我們一群小孩喜歡在端午節那天去跟新仔姆要鹼粽，沾著黑糖，糖粉在嘴裡化了甜滋滋的，還來不及嘗到苦味就滑溜溜吞進肚子裡，每年端午我們都期待著新仔姆的小鹼粽。

包小粽子比大粽子要費時費事，手也得巧，不知新仔姆是不是希望小孩多吃鹼粽，所以刻意用小竹葉來包粽子？幾年後，新仔伯搬回台中，我們就再也沒吃過一口鹼粽了。

小時候幾乎家家戶戶的後院都種了麻竹林，端午節竹葉拿來包粽子，麻竹筍也大量出筍，那日母親一定煮一大鍋的筍湯，說是拿來搭配粽子最好。竹筍據說有滋陰、益血、化痰、消食、利便等功效。也許粽子不易消化，筍子纖維多真的可以「消食、利便」。爾後我也仿效母親，吃粽子搭筍湯，筍湯也成了端午的一道湯品。只是我無法仿效新仔姆的小人國的鹼粽。

讀寫日誌

1

喝完最後一口冷掉的咖啡，看完三份電子報，處理一些不大不小的事，電腦螢幕下方顯示著11:00。在一點都不忙的早上。

還是不習慣如此悠閒的上班日。

或許只是迷惘，只是媚惑，只是匱乏久了的心，以為覓得慰靠，終究也只是幻影，海市蜃樓的構築，崩塌如日落。

也許需要的是一個完整的孤寂，一個可以控制可以擁有，可以漠視，可以冷酷的孤寂。闖入者不是填滿空虛的心，是破壞完整的孤寂，使得殘缺，使得零落。

兩個孤獨的靈魂未必是可以交融，無心冶遊或者才能擁有，冷淡看待或者才能長存，似乎叢林遊戲規則都是如此，不得越界，不得入侵籓籬，涇渭分明，違者驅除出境。

影像會模糊、消逝，情景會淡出逸離，事件會被刪除，彷彿從來沒發生過。如午後雷雨，暢快淋漓，雷停雨歇日復出，不見水漬痕跡。重新回到軌道，回到雨前的狀態。一切的一切如同那道彩虹隱蔽在眼眸，光雨折射的虹影，從來就不是真實的。

2

那日他望著一〇一大樓說，看得到它就覺得離家不遠。我們都居住在離一〇一大樓不遠的東區，居家生活的視線繞著它轉，走到哪兒抬頭總可以看到它。

那日我和他說，我每天在東、西城的兩座大樓移動，上班下班。但我沒說，每日我在兩根矗立的巨大陽具間移動，由東到西，從西回到東。

在元旦過後看過一篇文章寫一〇一大樓元旦倒數放煙火的敘述；

作者描述當倒數開始，施放煙火的一〇一大樓就像巨大的陽具，「即使看到人們滿足著長達一百二十八秒射精而嘴角滿溢著的微笑。」那日我也在屋頂觀看這個壯觀的場面，也同樣發出歡呼，為內心一點點的高潮感。

兩座巨大堅挺著的大樓，它們當然不是陽具，它們是苦悶的台北人，抑制騷動、無法發洩的象徵。日復一日，大多數人像我一樣在這兩座大樓移動，它們巨大得讓你無法忽視，它們堅挺得讓你無法不去面對。彷彿尋不到宣洩的出口，它們一直矗立向天怒指，把台北都陽具化了。

3

又想起那汪大湖，在這燥熱的季節。

富士山下最深的湖，因為不是觀光熱門的湖，始終寧靜，就像無用之用的大樹，可以永保不被戕害的命運。

湖很美很藍，四周環山，林木蒼蒼鬱鬱。不知怎樣的機緣，竟然去了三次！住在湖邊的佛寺，因地制宜雖然是台灣的法師所建，卻呈現日本寺廟風格，灰藍色的琉璃瓦，白色的牆舍，日式的園藝。寺廟極大，住宿也極為舒適，三、四日的茹素也能接受。

去那湖三次，其實是為了開會，但是帶回來的記憶都是湖光山色，還有一日兩趟的腳踏車之行；總是和朋友誇耀，待在湖邊寺廟三、四日，六至八趟的環湖腳踏車之行。

腳踏車環湖一圈，最少要一個半小時；每日我們總是找了兩個理由離開寺廟的會場環湖去。到湖另一端的餐館吃南瓜麵開葷，到湖那端的咖啡館喝咖啡、吃冰淇淋，然後帶回夜裡喝酒的葷食小菜。

像候鳥般，六年來去了三次，總在春天或秋天，氣候最適宜的季節。三、四日的素食，彷彿把一年的齋飯都還盡；一日三個多小時的腳踏車行程，也好像把一年的運動量都用盡了。即使去了三次，每次還是把那湖的景致詳細拍下，早晚還是會到那看富士山最美的景觀點去，看晨間帶霧朦朧美的富士山，看黃昏霞紅的富士山頂。

夜裡，沒有光害的天空，總有流星劃過，空氣中散漫著秋天的清爽霧氣，春天淡淡的花草香味。晨間嘹亮的鳥囀以及嘎嘎的烏鴉叫聲，喚醒了沉睡的湖，酣眠的人，總教你不得貪眠。

據說冬日雪厚封路，白茫茫寒山寺廟，靜寂人跡罕見。也許該在深冬時日前去，就困在寺中數日，或許心如雪，白淨冰寒。

4

對於歷史的記憶，每個人都用自己的角度和觀點，遮蔽的部分是不想去碰觸和承認。

感情的記憶也是如此吧。甜美和傷痛，彷彿夢境，記起和忘卻的都不太真實。

總是想起那個你居住過的城市，那個遙遠而陌生的城市，還有當時陌生的你。

螢幕上詳細介紹那個城市風貌，建築、巷弄、飲食，我只是想著你曾經坐落的地方，你曾經往返的路徑。巷弄極窄仄彎曲，你可能從巷弄的另一頭走來，而我們擦身在蜿蜒小巷的途中，陌生的我們會不會互望一眼？

我們共同居住了二十多年的城市，熟悉的巷弄、寓廈、餐館，我們是否曾在某個餐館、某個路口相遇交換茫然的眼神？

所有的記憶畫面，我們不曾相會在熟悉城市，也不曾停駐在某個建築，我們根本不知道彼此的存在，雖然我們走過許多相同的路徑，進出一樣餐館、商店，始終陌生，就如這個城市絕大數人一樣，我們都是路人。

然而我們相遇於虛幻，所有歷經的一切都是一場夢，短暫的夢境卻存留虛虛實實的情景、模糊的影像；我們還是共同居住在這個熟識城市的某個區域，我們不再是路人，你可能從巷子的另一頭走來，或許會擦身而過，我們會交換什麼樣的眼神？

5

和他談論著愛情與婚姻，這兩個既相容又相背離的議題，永遠沒有定論，也無是與非的答案。

「多數人把婚姻當成，需要時可以返回的『安全基地』，而愛情是一種冒險，受傷了、倦了再返回安全基地。婚姻和愛情都是人類不斷的依附。」

中年後的男人要的未必是愛情，情人不過是抽象的慾望目標，主要還是生理上的冒險，因為冒險的過程而獲得狂喜；狂喜或許並不會賦予生命意義，但沒有它，生命似乎平淡無奇。

「不斷的依附」其實是一種慣性，一條不歸路，因為所謂愛情，乃是退化到童年時期的需要、不安和縈繞於心的慾望，需要立即獲得抒解及不斷的填滿。

愛情選擇婚姻，婚姻埋藏愛情，這是個定律，但總得親自進城、出城才能體驗個中滋味。

6

想起某個作家的老靈魂之說，談的是記憶、歷史和文化失落的焦慮。

也常在記憶和夢幻中交纏，但似乎並不屬於作家筆下老靈魂的那個族群。

輪迴、前世今生當成浪漫傳說，「似曾相識」，很多人都經歷過，似曾聽聞見過的人、事、景，究竟是前生、來世，還是夢境？在「相識」那一剎那，勾起一些莫名的思緒，畫面事件模糊而片斷，「似曾」的疑惑環繞著眼前的景物人事。

電影《似曾相識（Somewhere In Time）》浪漫淒美的故事背後，說的正是時空的旅行；「跨越時空」是創作是想像，時空旅行的因果而產生的似曾相識，總是有邏輯可循，現實生活中的似曾相識，教人不得不懷疑前世忘了喝或喝太少的孟婆湯老靈魂，或是在生生世世的某一個世代的時空旅行者？

我們無法像年老的愛麗絲對年輕的理查說：「回到我身邊。」也無法如《The Lake House》裡，在不同時空的兩個戀人相約在二年後相同的時空見面；現實生活中沒有懷錶或書信這樣的信物做為引藉，有的只是老靈魂十分不真切的感覺，如夢似幻。

似曾相識只有一剎那，也總是錯身而過。

7

夏至，從離島回來，暑浪翻滾在盆地。島國的一切如浪潮來來去去，如指尖沙溜流，真能握在掌心就那幾枚貝殼吧。

盆地的熱浪和雷雨翻滾，夏日過了半個月。

心懸著，貯留在那片荒漠古戰場，一墳墳千百年土塚，一座座歷經風沙雨露半毀損的烽火台。高速公路劃開古今，偶爾車行過後，仍舊是歷史，血淚滄桑的遺跡，無名遊魂寄居在古詩詞賦，無家可歸了。

千百年何其長遠，數十里漠漠沙丘恆古如今，夜裡風起飛沙嗚聲，如彎月泉池終年不枯，晝日炙熱夜裡酷寒寂寂守著數百里外流淌在地底的雪水。

恍若那百千年孤寂的魂魄遊蕩阡陌沙洲，你候著千里外雪水造就的綠洲，終是海市蜃樓。

肉體的慾求容易滿足，心靈的沙漠總是杯水車薪；明知契合相知，兩人卻往相反的方向行去尋求一方綠洲。

8

人在什麼樣的狀況下會去看星星？浪漫？寂寞？像詩人那般？像梵谷那樣？是不是有足夠的孤單才能像梵谷：「我們攤開地圖，指著其上一個小黑點，然後就可以搭乘火車到那個點去，為什麼我們到不了那顆星呢？我們難道不可以搭乘『死亡』到星星那一站？」

雖然科學家解開了銀河系和群星之謎，但還是喜歡希臘神話中關於星座的傳說，充滿故事的星星有血有淚，充滿著人間煙火，絕不是一顆隕石，或一個毫無生命跡象的大荒漠；就像寧可相信月球裡有小白兔搗藥，陪伴著孤單的嫦娥。嫦娥獨坐在荒涼的隕石上，是否也看著星星？

隨著年齡、隨著心情轉變，逐漸失去看星星的興致；曾經獨居在山村的時日，會在陽台上看著沒有光害的夜空，尋找幾顆星星，點綴無聊長夜的想像。談不上孤寂，也無梵谷將星星當成旅途驛站的強烈欲望，只是在流水聲蟲籟的深夜，心似乎變得空靈，彷彿可以和遙遠的希臘神祇對話，或者聽聽白兔搗藥聲，一種純粹觀星的心情。

9

人最深層的記憶是什麼，即使至老至死都難以忘懷？

阿嬤百歲過世，過世前幾年回到少女時代，孫子媳婦都不記得了，但娘家的人事物不斷的提起，不時唱著歌仔戲。

朋友的母親八十歲回到少女的心態，每天早上嚷著上學遲到了；

年歲愈長愈記住童年往事，那是深層的記憶，還是最無憂最快樂的記憶？

《遺落的玻璃珠》劇中描寫老男人和一個十二、三歲的小女生的生活，初始以為是納博可夫（Vladimir Nabokov）的小說《洛麗泰》的戀童情結，小女生清純卻有著些許任性與嫵媚，的確像透了杭柏特（Humbert Humbert）眼中的「小妖精」；故事到了一半終於明白導演在敘說罹患阿茲海默症（Alzheimer's Disease）的七十多歲女人記憶倒退至十二、三歲的情況。

回到小女生的女人不清楚眼前和她結縭五十多年的老頭子是她的丈夫，一直無法理解為何待在這老頭子的身邊。小女生不斷想起中學時和少男的相遇，純純的愛戀。

不管是老了退化了，或是病了，許多人都像是回到年少或童年；那是最美好的年歲，最受保護的階段？受傷和被侵犯的童年呢？是否也是最深層的記憶，刻骨長存直到死亡？

如果自己的記憶開始倒退，會停留在哪個年歲記憶？孤獨卻也快樂的童年？青春多采多姿的高中？還是初戀的大學？哪個是你最深層最想回去的階段？

10

昨夜，夢見自己繞著一間大屋子，四處找尋廁所。

近來，經常做這樣的夢，有時是在小學學校，有時是在公共場所。多半找尋的結果是一無所獲，即使找到了，也是一間髒亂無比的廁所，或一個不能使用的馬桶。

依照佛洛依德的說法，夢是一種潛在意識的呈現，而我始終無法解釋我的夢境；睡夢中的我並非尿急，而在夢裡的我也並沒有急迫的想小解或大解，只是焦慮的尋覓一間廁所。

我始終解不了這個夢。

以往我都可以自我解夢，理性的或非理性的；小時候常夢見高空飛行，坐在圓形難以形容的容體中，在高空不規則的盤旋飛行，心裡是害怕的，尤其在急速下墜時。我知道那是飛行的恐懼。只是不懂尚未坐過飛機的我何來飛行恐懼？

來台北唸書開始夢見搭電梯橫著升、降（其實也是一種飛行），不管電梯怎樣上升或下降，總是到不了我要去的樓層。直到畢業、結婚住進了大樓，天天搭電梯，印證電梯的安全性，這樣的橫式電梯歷險夢才告終止。

夢見尋找廁所，是一種壓力，或者就如佛洛依德說的，回到口腔或肛門期？或者女性生理的焦慮，生育功能即將結束的潛質憂慮？或是，尋覓一個真正隱祕、安全、乾淨的感情／婚姻？

如果能夢，希望夢見佛洛依德來幫我解夢。

11

還一個小時就要下班了。厭倦上班，厭倦的是這裡的人，開始注意時間，即使忙得沒空喘息，也要確認一下時間。那下班的數字彷彿是個句號，可以讓疲憊的身、心暫時得以歇息。

讀了《紅悶廚娘》、《饕餮書》，才驚覺自己像活在兩棟建築的甲蟲，依著計程車移動。多久沒有去過傳統市場？粉領上班族、知識分子，多少年來沾沾自喜這樣的角色；肥潤的身軀乾枯的心靈，宛在空中行走，鬆軟而心慌。

什麼樣的生活是舒適，生活的意義是什麼？總是形式，總是典範的框限。

什麼是色慾？是想像力的雜耍表演，是我們泅泳其中的記憶之海，是我們用眼睛愛撫和崇拜事物的方式，是我們願意因情慾景觀而動的意願。色慾乃是我們針對人生的活潑生動而有的熱情。

近來，如賣火柴的女孩般，點燃一根根小火柴棒，迷眩於那短暫的火花亮燦，火柴總有用光，火花也會失去溫度，亮燦就成了一種亮度而已。再度回到荒蕪的年歲，日復一日。然後，人就老了，老到連回憶都厭煩。

附錄

模糊、曖昧也是文學之必要

楊宗翰

一、很高興看到方梓繼《野有蔓草》（台北：二魚文化，二〇一三）後，又將推出新的散文集。我總以為方梓的散文書寫，人間性強，生活感重，字裡行間布滿時間的指紋。讀者很難在方梓散文中捕獲抽象的形上思維：但其個人體悟卻總能以淡淡幾筆，引人甚至迫人開始思考，像是這段：「植物的身世很單純，卻像千面人背了一長串的別名，只因人類的複雜，就像藜，就像灰條菜。」（《野有蔓草．我在找灰灰菜》）。這次新推出的散文集，少了野菜筆記，多論飲食行旅，任時間及回憶貫穿其中，似無嚴謹系統卻又可見整體關懷。我在想，哪怕散文再怎麼「散」，待諸作合為一集時，總得整頓與規矩。請教身為作者的您，如何看待、處理新書的分輯設計或脈絡安排？

答：多年來，我的寫作有兩個「動機」，一是翻滾在心裡，不寫出來罣礙如細石折磨，一是來自邀稿，不寫可惜。

雖罣礙磨心，也總細工慢磨非得穿心疼痛，不寫難過才動筆書寫；因為罣礙必然較厚實積澱較多，我以主題式為基準，企劃一本書來消納，整本書圍繞著一個主題，這種寫法看起來容易，進行卻很困難，因為同一主題雷同多創新難，易流於俗濫。

邀稿則題材不拘，十分具有挑戰，我素來愛挑戰（如新近的專欄是寫寫野菜與佛教精神），看自己的能耐極限在哪裡，加上截稿期限逼迫，我總是在期限的前後一天完成。

不管哪一種動機，我多半想得多寫得慢，放任心思冶遊豔覓，所以二十多年來，散文集翻滾在心而書寫的有兩本《采采卷耳》、《野有蔓草》，邀稿成書的也是兩本《第四個房間》以及《時間之門》。

《采采卷耳》、《野有蔓草》是主題書寫，設計分輯十分清楚，就是「專一」的寫蔬菜與野菜，在分輯上無須費心，也因主題明確立意分明，兩本書都是獲得國藝補助，期限各一年完成；《第四個房間》、《時間之門》是日積月累聚篇成書，尤其《第四個房間》比較沒有整體性，又多是一千字左右的短文，真的是「散」文，然再怎麼「散」總有共通點，因而在分輯設計上我以「屬性」做為「輯準」。

《時間之門》最明確的屬性是時間和空間，是我寫過往的年代事物與人的故事，以及走過的地景書寫，是故，我以時間的橫線和空間縱支去架構，張開成集成書。

只是時間和空間會有必然的交集，在分輯上並非可以切割得清清楚楚，幸好文學不是交代事項，模糊、曖昧也是文學之必要。

二、我曾有幸品嘗您的作家/居家私房菜「紅麴燒肉」，它不算一道以技巧見長、準備費工的料理，吃過後卻是滿口的生活滋味。

閱讀新書時不禁又想起這道菜，以及「日常生活」四字。從親子相處、職場生涯到教書奔波，這部新書所涉及者多為當代人的日常生活，讀來自然親切易感。唯獨〈讀寫日誌〉可謂最為特殊，宛如新書中一道「非常的日常」，卻又讓人捧讀再三。能否為讀者談談此篇的書寫因由？

答：所謂風格其實就是某種「定調」，藝術家和作家都會有自己的風格，從寫《采采卷耳》後我便被定調在自然與飲食風格，這兩種還真的非得「日常生活」不可，作家的風格除了文類還有文字。我的文字平實（絕非張派），三本散文集都是如此，以平實的文字寫日常生活，而《時間之門》大半的文字也是平實易讀，〈讀寫日誌〉其實是日記，記的不是日常生活，是上班是讀書，更多的是觀察工作、同事、朋友的人情世故，以及自己內心的記錄，因為大都是在最有感覺的「當下」，時值上班、閱讀或應酬之際，無法長篇大論，只能以最簡短的文字記錄，且想與平時寫作風格區分，便仿羅曼．羅蘭「戀人絮語」式的樣貌呈現，這樣的書寫已有二十年，但因篇幅極短，從沒想過發表更無意願收在書中。

然《時間之門》以時間作為主軸，〈讀寫日誌〉其實最具時間感，所以放在最後，像附錄般，提醒自己時間零零碎碎的消逝，一日、一週、一月、一年，然後十年二十年就這麼如沙般流漏消散，〈讀寫日誌〉就如在荒煙漫沙裡隨意淘點東西，以茲證明曾經存在過。

三、很多散文家都曾以嘆故人際遇或述親人相處為題材，但我總覺得分寸拿捏很重要，下筆稍不抑制，便易淪為矯情。我以為您對這點具有充分自覺，譬如述及赴日拜訪王育德教授的〈黑名單之旅〉，全程充滿了寒慄氣氛與諜報情節，您也僅是如此描寫：日後讀其書時，「總是想起在東京的某條巷徑內，一簇屋瓦上的明月，還有嵌在月暈上的頭影」。想請問您對散文書寫的濃與淡、張或弛，有何心得可以分享？

答：我一直覺得我的文字是「淡」，更希望是一種不著痕跡的淡中有濃，以世俗的說法就是像日本女人「化了看起來像沒化妝的妝」，有人甚至開玩笑說「花了一個小時化妝，再花兩個小時修飾看起來像沒化妝的妝扮」，其實很多作家的書寫也是如此「盡心費力」，字字斟酌推敲，卻又要表現得毫無鑿痕漬跡。在寫作中最怕的是盛情濃於文，文字完全無法支撐過度厚重的情感，那大概就是散文中的「濫情」吧。

散文不是直接拿來當控訴文，我比較喜歡以景烘情，以故事托人，讀者可以從景中觀情，拿故事看人。情的濃淡是讀者對景對故事的投射，愛恨情仇的強度，我賴給讀者。

四、〈花蓮之翼〉述及您十八歲離開花蓮前，不知有神祕谷，沒去過水濂洞，未走過白楊步道，遑論認識太魯閣的峻美及天祥的秀麗。直到太魯閣成了國家公園，您才像一個觀光客，「再度以外地人的身分來看她，彷彿失散多年的親人，再一次的辨認」。身為一位左手寫小說、右手作散文的雙刀能人，花蓮又是您永遠的娘家，我很好奇：面對寫不盡的花蓮，您現在是否還會保留「外地人」的審視目光？花蓮、基隆、台北這三座城市在您生命及生活上，各自占有重要位置；若再加上這本新書寫到的宜蘭、台中與高雄等地，隱隱可見一幅台灣城市與地誌書寫的藍圖。您會考慮繼續朝此發展，使其骨架齊備、血肉漸豐嗎？

答：對很多人事物，我常有「置身度外」的感覺。對於被稱為外星人星座的人，保持某種距離，熱情包藏在冰冷的外在，是我看待自己的故鄉心態、位置和角度。

我寫很多花蓮，早期我大抵都是以一個「置身度外」的高視野來看童年的我回到/站在花蓮的情形，也用年少的身影去述說花蓮人花蓮事，彷彿追憶逝水年華；人到壯年難免落葉歸根的心情日漸濃厚，然而，故鄉多半是回不去的地方，詩人鄭愁予在〈邊界酒店〉說「多想跨出去，一步即成鄉愁」，那一步卻是非常遙遠的距離，往後，我想我還是會以觀光客、外地人以及遊子的心態和角度去看待我永遠的故鄉花蓮。

你果然有銳利的編輯眼光。

這些年因為邀稿，開始在台灣各地行走寫文章，我喜歡用腳去認識一個城市、鄉鎮。過去因工作關係常出國到世界各大城市，或風景名勝，年輕時真以為「外國的月亮總是比較圓」，而在實實在在走踏了台灣幾個縣市後，驚覺台灣城鎮有另一種風韻，山水小巧雅致，還有添加了人情溫暖。

我是打算繼續寫台灣的各縣市或鄉鎮，有更多更完整的地誌散文。

當代名家・方梓作品集1

時間之門

2016年11月初版 定價：新臺幣280元

著者	方梓
總編輯	胡金倫
總經理	羅國俊
發行人	林載爵

出版者	聯經出版事業股份有限公司	叢書主編	陳逸華
地址	台北市基隆路一段180號4樓	封面設計	兒日
編輯部地址	台北市基隆路一段180號4樓	內文排版	晨捷文化
叢書主編電話	(02)87876242轉224	插圖	許育榮
台北聯經書房	台北市新生南路三段94號	校對	施亞蒨
電話	(02)23620308		
台中分公司	台中市北區崇德路一段198號		
暨門市電話	(04)22312023		
台中電子信箱	e-mail：linking2@ms42.hinet.net		
郵政劃撥帳戶第	0100559-3號		
郵撥電話	(02)23620308		
印刷者	文聯彩色製版印刷有限公司		
總經銷	聯合發行股份有限公司		
發行所	新北市新店區寶橋路235巷6弄6號2樓		
電話	(02)29178022		

行政院新聞局出版事業登記證局版臺業字第0130號

本書如有缺頁，破損，倒裝請寄回台北聯經書房更換。 ISBN 978-957-08-4826-7 (平裝)
聯經網址：www.linkingbooks.com.tw
電子信箱：linking@udngroup.com

國家圖書館出版品預行編目資料

時間之門/方梓著．初版．臺北市．聯經．2016年11月（民105年）．256面．14.8×21公分
（當代名家・方梓作品集1）

ISBN 978-957-08-4826-7（平裝）

855 105020190